U0608833

大魚讀品
BIG FISH BOOKS

让日常阅读成为砍向我们内心冰封大海的斧头。

The Shapeless Unease

A Year of Not Sleeping

Samantha Harvey

睡不着的那一年

〔英〕萨曼莎·哈维 著

王烨炜 译

E-yes.
Yes, yes, yes......
Eyes, eyes, eyes......
Yes, yes, yes......
Eyes, eyes, eyes...

Close your eyes, close you eyes......

Close you're yes.

Close you are, yes.

浙江人民出版社

献给夜里睡不着的人，

　　　　　以及那些被我吵醒的人；在此说声抱歉。

朋友：你最近在写什么？

我：不太好形容，写了一些散文。不过不是真正意义上的散文，甚至可以说算不上散文。只是一些文字。

朋友：关于什么的？

我：不知该如何概括。杂七杂八的各种主题。主要是关于失眠的。不过，里面还常常提到死亡。

朋友：嗯。

我：怎么？

朋友：这有点病态了。

我：可是我们每个人都会——

朋友：但是至少我们现在还没有。

我：可是我们每天都在走向死亡。

朋友：我们每天也都在活着。

我：我们正在活着，我们也正在——

朋友：噗。得了吧。

我：我们正在活着，我们——

朋友：要不你还是再写一本小说吧？

我：我的表弟去世了，独自一人死在了自己的公寓里。据说遗体被发现时，已经死了两天了。他年纪并不大。

朋友：啊。

我：这不是——我只是感到——我们从未如此接近死亡。

朋友：这的确是太可怕了。

我：我总是在想他躺在棺材里被埋在地下的样子，根本停不下来。

朋友：还是不要去想这些吧。

我：每当我想到这些，汹涌而彻底的悲伤会将我淹没，就好像所有人都将离我而去。他的死好像打开了一扇门，每个人的死都会随之而来。我该怎么阻止寄生蜂和肉食性甲虫啃食我母亲的眼睛？当我还是个孩子时，是她哄我睡觉，我们一起吃烤面包配沙丁鱼，一起读罗尔德·达尔，是她走路送我去学校，当我因荨麻疹而奇痒难耐时，是她为我擦拭身体，而此刻我想到她的器官正被她五脏六腑的细菌吞噬着，她正在腐烂着，我简直悲伤到无法呼吸。

我表弟的死引来了所有的死亡。

而这些将来会发生的悲伤的事，让我感到窒息。

朋友：（已经离开了。）

午夜时分：

上床后躺下，脑袋枕着枕头。

下床，迷信地将散落在地上的衣服胡乱折叠成一捆，放在一边——这不过是无数例行小动作中的一项，只为祈求无眠之夜不要降临。我内心其实很明确地将种种此类的惯常操作归为一种迷信，迷信这些神神道道的行为会有助于睡眠——可这终究是不容忽视、必不可少的举措。而今，入睡这件事早已脱离自然行为的范畴，进入了黑魔法领域。

回到床上，捧起一本威廉·特雷弗的短篇小说集开始阅读。很快便袭来一阵倦意，就像是拐角处有什么东西在召唤着你。我的头顶突然感到一阵剧烈的刺痛，好似许许多多绣花针扎在头皮上。于是我关了台灯，屋子里暗了些。这时，不知从何处传来一声诡异的嘎吱声。

心脏像是打击乐器一般，在吸满气的胸腔中发出平稳而有节奏的"怦、怦、怦"。呼吸，呼吸。随着灯光的熄灭，他们便出场了，无论是神圣的还是骇人的，通通都出现了。他们来了。

诞生于中世纪的《死亡艺术》(*Ars moriendi*)一书中写道，圣人和魔鬼会同时簇拥在临终之人的床边，两股势力争抢着他的灵魂。魔鬼试图引诱他坠入绝望的深渊——其中有形似猴子的怪物，头上长角，肚皮上生着一张人脸，手里握着一把匕首；有长得像狗的怪物，头上顶着一只鹿角，脸上露出邪魅的笑容，伸着一根手指引你上钩；有一个长着公羊头的魔鬼正转过头来；还有一个模样酷似萨堤尔、生着鹰钩鼻的东西，舔着嘴唇。随我们一起进入死亡世界吧，他们说道。抛弃你的信仰，跟我们走吧。

接着，画面一变，还是刚刚那个男人，萨堤尔倒在他的床边，另一个魔鬼躲在床下，惊惧着匆忙将腿藏好。抹大拉的马丽亚和圣彼得在他枕边伫立着，圣彼得手里拿着通往天堂的钥匙。在他们身后，是钉在十字架上的耶稣，头向后垂在十字架的横梁上，床头板上是令彼得忏悔的公鸡，公鸡的啼鸣使彼得从耶稣的行为中幡然醒悟，并使他决定悔改。跟我们走吧，公鸡、圣彼得还有耶稣说道——这将是你的重生，跟我们一同去天国吧。

我闭上双眼，努力抓住那份睡意，在心脏节拍的切分音后，这份渴望仍在召唤着我。心脏好似一块坚硬的肉团，溢满了恐惧。五十分钟过去了，快要一点钟了。通常若是睡眠来光顾，这时它应该来了；若是这时还没来，大概率今夜它是彻底不会来了。出汗，恐慌的第一个迹象出现了，就好比一场暴风雨来临的征兆是听见远处旷野隐隐约约传来一声闷雷。还有时间入睡；暴风雨或许还没来。

圣彼得拿着钥匙来回踱步；拿着吧，他说道，它会带你抵达目的地。我伸出手去，可魔鬼却也乘虚而入——这是因为对睡眠的渴望，同时也是对睡眠的拒绝；你越是想得到，它就越是不来。黑暗中的某处传来低语，念着"贪婪"这个词。你对睡眠太过贪婪。耶稣向后重重地倒在地上，死了，嘴巴大张朝着天花板。接着，我又听到有人悄声说着"走吧"，但我不清楚是哪边说的。是圣人还是魔鬼？我不知道。

要有信仰，我听到。要有希望。

丢掉信仰，我听到。放弃希望。

心脏在"怦、怦、怦"地跳，我感到头皮发紧。此刻我的小屋已经被填满。心跳的声音越来越响亮。空气中翻江倒海。鹰身女妖拍打着翅膀，伸出爪子，两颊因饥肠辘辘而凹陷下去，彼得悄悄地走到我的枕边。

我侧身躺着，手支着头。睡意消失了，就仿佛关掉了一台老式电视机的屏幕；画面缩成了一个小圆点。于是世界陷入了一片空洞，一片漆黑，你只能打着哈欠度过漫漫无眠之夜。

教堂里，我的表弟就躺在我们旁边密封的箱子里，他的皮肤经过略微的化妆透着一种惨白，眼睛和嘴唇已被胶水粘住，紧紧闭着。他的血管里曾经澎湃地涌动着鲜血，如今已在防腐药水处理后失去了弹性。他身上那些看不见的孔也都被堵住了。头颅用手锯锯开又被重新缝合，体内的器官或被取走或被替换——心脏有点偏左侧了，肺也有点倾斜（很难将它们各归其位），舌头和气管都不在了。他的头发洗过，被梳得整整齐齐。衬衫的纽扣也都已仔细扣好。

他的胸口上放着迈克尔·佩林[1]的书《从北极到

---

[1] 迈克尔·佩林（Michael Palin），英国喜剧演员、作家、电视节目主持人。20世纪80年代起，佩林制作了一系列旅行纪录片。文中提到的《从北极到南极》（*From Pole to Pole*）和《喜马拉雅山脉》（*Himalaya*）起初都是电视旅行纪录片，后出版了同名图书。——译注（如无特殊说明，本书注释均为译注）

南极》和《喜马拉雅山脉》。

在我的右侧，姨妈正紧闭着嘴巴默默呜咽，那声音就像是有人坐在你胸口，你不自觉会发出这样的动静。

表弟出生的时候面部畸形，脸上长着一个肿块，切除后他的左脸上留下了一道深深的疤痕，不过在我们这些熟悉他的人眼里，这疤痕其实没那么明显，慢慢也就视而不见了。经年累月，疤痕逐渐变淡，变得柔和。他天生就运气不好，除了这个畸形的肿块，后来他又患上了癫痫，时不时就会严重地发作。然而，他以一种平静的热情奔向他充满不幸的人生。在他活在这个世界上的短暂时光里，他走过很长很长的路，去过极其遥远的地方旅行，并且通常他都是独自前往。他十分喜欢拜伦湾，于是将自行车运到了澳大利亚，却发现（那时才发现）那里实在是太大了，仅靠骑车是完全不行的。

泰国、印度尼西亚、缅甸、新加坡、加拿大、莫桑比克、俄罗斯、墨西哥、古巴、巴西、日本，以及欧洲的大部分地区（这些都是我瞎编的，我已经记不清悼词列举了哪些他去过的地方，只顾盯着我右侧的棺材，脑子里一直在想，他就在这里面，他死了）。从前每逢悠闲的周末，或是休假一周不用工作，他都会飞去某个地方，或是骑上他的自行车出去转几个小时。记得那是一个周六，我正好在拉伊镇的一家书店做签售，离他住的地方不远，他说会骑车过来见见我；事后，他写信告诉我说他很抱歉没有来，他当时来不了了。这是我们之间最后一次联系。他刚去世那天，我的姨夫用短信给他发了一个笑话，却迟迟没有收到他的回复，因此很担心。我总是在想，世界上还有什么比"手机里的笑话还未读，人却已经死了"更悲伤的事情呢。他的脸书上有一条状态是他骑行了70英里[1]的路线图，大概是他去世当天独自完成的。葬礼上，我眼前浮现出他孩提时的样子，靠在外祖母花园的矮墙边；看见他脸上绽放出最灿烂的笑容；看见他死在自己床上的样子——不是像他被发现时那样脸朝下，而是脸朝上，脸上移植的皮肤已微微皱起，

---

[1] 1英里≈1.61千米。

10

天知道他在厨房的地板或是椅子腿上撞了多少次。

癫痫随时都可能要了他的命——要是他用头在马路上硬撞，或是撞向陶瓷浴缸，或是在骑车时发病，或是咬断并吞下了自己的舌头，抑或是他发病后再也没有醒过来。

怎么会如此频繁地接近死亡？还好，他一次又一次躲过了鬼门关。

然而，这次他却没有逃过，对于死亡来说，只要得手一次就够了。

疑似慢性脱欧后失眠症（PBI）病例研究：

病人，女性，四十三岁，之前的睡眠状况一直良好。她说自己很容易入睡，睡得也很沉，通常夜里可以睡到八个小时。即使在有些压力和遇到困难的时候，也基本可以保持这样的状态。

病人说自己的睡眠问题是在搬完家几个月之后出现的，她的新居位于主干道上，于是经常早早就被车辆声吵醒。这样的状态持续了几个月，导致她的睡眠节奏被打乱。她说自己在这个时候还不算是失眠，只是睡眠质量不佳，受到一些干扰。

又过了几个月，在这期间她的睡眠障碍问题反反复复，摇摆不定。2016 年 6 月，因欧洲全民公投的结果而产生的愤怒情绪，导致她出现了一段时期的躁动性失眠。当年秋天，她发现自己不仅仅是受车流声影响而醒得早，晚上入睡也变得困难。这段时期她满怀愤怒和沮丧的情绪，与交通状况和不断披露出的无意义的政治问题进行着斗争，她发现自己会与过路的汽车、卡车、货车、公交车发生"争吵"（病人的一种表达方式）。她心里清楚这种方式的大吵大闹其实没什么用，于是也尝试了各种各样的忍耐疗法（戴耳塞，播放白噪声，服用稍稍超出建议用量上限的酒精），以及接受疗法（正念冥想，佛教咒语，肯定仁爱慈悲之心），却发现诸如此类的方法效果有限，还反馈说它们会引出一些不切实际的幻想：发生连环车祸、地震以及最终可能导致这条道路临时或永久性封闭的怪诞宇宙事件。

到了当年 10 月，她的睡眠问题已经发展成她如今所说的失眠症——入睡困难并且睡不安稳。她去参加了佛教的静修，还反馈说风吹在窗户上的声音和那种无边无际的安静会让她觉得很安心，但是她的睡眠状况依旧没有任何改善。实际上，正是在这时她第一次发现了持续性恐慌情绪的存在，即便是在做一些舒适、平静的活动时。

静修结束回到家后，她回忆说在车站遇到了隔壁邻居，邻居告诉她家里的房客去世了；她与那个人不太熟悉，只是之前每周都会看到他将垃圾桶推出来，因他去世而起的悲伤尽管没有产生什么长久的影响，但却真实可感，"提醒着我们人们会多么迅速地被死神夺走"。当天晚些的时候，她又得知她的妹妹和伴侣分手了，她说，这个消息令她感到无比震惊和难过，不仅是为妹妹，还为妹妹的伴侣，以及他们那三个年幼的孩子。几天后，她又收到了表弟的死讯，表弟在他的公寓被发现时已经去世两天了。又过了几天，传来了她父亲的老伴被确诊阿尔茨海默病的消息。在表弟的葬礼过去一两周后，她又听说父亲从梯子上摔了下来，一条腿严重骨折，一年内将无法行走。[1]

随后的几周里，她的睡眠问题越发严重了。虽然在当年 12 月，她的失眠症曾有一阵子莫名地得到

---

[1] 怀疑这些因素是不是导致失眠症的充分病因？这些死亡事件并非发生在与她十分亲近的人身上。注意，近期内病人出现了心身障碍和过度反应障碍（OD）的倾向。——原注

了缓解，但是到了次年 1 月病情出现了反复，并从此开始持续加重。她报告说有很多个晚上，她只能睡两三个小时，并且还不是连续的睡眠，而有些晚上甚至会一夜无眠。这段时间她试着换个房间睡觉，于是她把书桌从书房里搬了出来，将之作为临时的卧室。这个办法确实缓解了噪声问题，但是她的睡眠却没有恢复。助眠药物——非处方药（苯海拉明、盐酸苯海拉明，缬草和啤酒花萃取液、大麻二酚、镁粉、西番莲、啤酒花、褪黑素、5-羟基色氨酸）以及处方药（佐匹克隆、地西泮、米氮平）——也都没有什么用。

病人尝试了许多治疗的方法，包括去看认知行为治疗（CBT）睡眠诊所，针灸，参加减压正念课程，采用睡眠限制疗法[1]，写感恩日记，服用保健品，戒咖啡因和糖，还用上了一台可以释放 α、β、θ 波来模拟睡眠各个阶段的睡眠仪器。她还在自己睡觉的时候做实验，希望借此可以找到在清醒的时候保持专注和平静的方法。她说自己还尝试学习法语，拼马赛

---

[1] 睡眠限制疗法是一种治疗失眠的认知行为疗法。限制睡眠，主要通过减少在床上的非睡眠时间来提高睡眠效率。

克镶嵌画，玩单人纸牌，拼图，数自己呼吸的次数，听音频节目《光阴的故事》、安德鲁·泰特的播客、语言学节目《典故派》《追忆似水年华》的有声书、BBC广播4台的节目《灵魂音乐》，参加线上催眠冥想，听鸟鸣鉴赏CD，她还看了电视剧《波尔达克》《王冠》，尝试了梵文吟诵，听了《流行金曲》节目①。

她反馈说这时她的目标已不再是想方设法地入睡，而是尽力让自己平静下来，不要惊慌。有些夜晚，她躺在黑暗里七个小时，以三个数为单位从一千开始倒数，或是用法语或德语从一百开始倒数，或是跟着梵文吟唱——她只是跟着音念而并不懂词的意思，不过她假想着赋予其平和安宁的意义，内心便获得了抚慰。

在这几个星期和几个月里，愤怒、孤独、绝望和恐惧一直是她持续存在的感受。表弟躺在地下的棺材里的画面反复出现并折磨着她，同时出现的还有心悸和惊慌。死亡盘踞在她的脑海中，还有随着一个梦

---

① 听《流行金曲》节目是不是病情进一步恶化的表现？——原注

的启示而来的担忧——通向死亡的道路是可怕和孤独的，"黑暗中向着地狱急速坠落"。表弟在这趟死亡之旅上受尽折磨的念头也困扰着她，她开始将死亡投射到她所爱之人身上。[①]她还报告说怀疑自己患有致命的家族性失眠症，这是一种会导致早逝的极其罕见的遗传病。[②]

到了晚上，她发现自己会重新经历儿时的某些记忆，感觉它们并不像是记忆而像是正在发生的事，例如她妈妈的离开、她养的狗去世，这些往事让她感到悲伤和愤怒。她觉得这些情绪与她因公投的结果而产生的悲伤和愤怒如出一辙，公投的结果让她感觉自己失去了祖国赋予她的诸多价值意义，而这些曾带给她一种民族归属感、自豪感和认同感。[③]

去年秋天她在静修时察觉到的恐慌情绪，此刻发展为夜间激烈的攻击性行为，发作时她会出现气

---

① 见弗莱明、费尔德曼等，《无意义死亡投射综合征（PMPS）的激增：死亡恐惧症和精神健康障碍的临床病理研究》。——原注
② 注意：过度反应障碍的新的表征？病人对疾病和死亡的恐惧在长期以来的想象作用下，可能会呈现为一种对疾病和死亡的矛盾性的意愿。——原注
③ 参见史密斯、卡罗尔、沃尔什等，《英国脱欧后失眠症：直接民主对昼夜节律功能和丘脑的影响》。——原注

喘、痉挛、挥拳击打头部或是用头撞墙等。她报告称这些行为是日益严重的睡眠不足所导致的结果。

这几个月间，病人的工作和社交生活变得难以为继；她无法持续或连贯地进行工作。她很少去见朋友，并且严重依赖伴侣的支持。当时，她大约每周会有三四个晚上彻底无眠，其他晚上的睡眠则是断断续续的。连续四五十个小时不睡觉对她来说已经是常态。伴随失眠而出现的生理症状有：脑子糊涂、记忆力衰退、心悸、剧烈的头痛、脱发、眼睛感染以及两手麻木、失去知觉。

她说自己在等待着一次彻底的崩溃，她十分渴望能迎来这样的局面。她认为这个困扰她的问题发展到极限，也许会将她击垮，但是也会使她获得解脱。同时，她又深深怀疑这样的崩溃能否发生在自己身上，她觉得她的性格中并没有什么决定性因素能招致如此的崩溃，她似乎更像那种可以一直默默忍受痛苦和折磨，只会想办法去化解问题的人。

她反馈说，这种感觉在夜晚会越发强烈，她觉得自己变得越来越野性，仿佛一头野兽再也不堪忍受牢笼，她来回踱步，发出痛苦的呻吟，揪着自己的头发，种种举动似乎不像是她有意为之，而是从她体内暗藏着的一股野性或是从她意识之外爆发出来的。然而到了白天，尽管她感到疲惫和压抑，但是她已被削弱的能力还勉强维持在相对正常的状态——理性和洞察力未受影响，怒气也大大平复（虽然并不是完全消失），击打头部或是伤害自己或他人的欲望也不复存在。

她报告说自己不知道夜里的野性从何而来，也不知道它白天又会去向何处。她说自己对此非常恐惧，有时甚至盼着它能主宰自己的身体，她还描绘了她强烈渴望着被送进医院、进行药物治疗的画面，或是被一次彻底的崩溃击垮，亲友都环绕在她周围的场景。她说在这一情景下，关心她的人将她团团围住，她完全看不到自己的样子，她的自主权、需求和愿望已荡然无存，她说，亲友们的关心如潮水般将她的存在全然淹没。

亲爱的保罗表弟：

　　写这封信我是经过深思熟虑的，并非一时兴起的轻率之举。我写信是想告诉你我从谷歌上获取的信息，在你死后的最初几天、几周、几个月你将经历些什么；我想用这种方式保护你避免因命运的无常而失望。我一心只盼能收到你的回信。

　　尸体被装进棺材、埋在地下后，将经历半个世纪的时间才会腐烂分解化作尘烟（这算不算是好消息？我觉得多多少少是的）。前几天你出去骑行时还支撑着你的股骨头，将在地下进行一场顽强的战斗，奋力抵抗它可爱的树干似的骨干被分解，奋力抵抗它柔软的关节脱臼；就算是骨髓喷出、骨头断裂，它也将维持自身精妙的曲线。若是没有外力将它折断，它会像一张褪色的 X 光片那样躺在黑暗之中，慢慢解体破碎，是的，解体是必然的，但是它依然存在。整整五十年的时间里，你的肉体将会一直存在。

再就是你的脸。疤痕组织遍布你的脸颊，就在你上嘴唇微翻的地方，有一道小小的整齐的疤痕，在你的两个鼻孔之间搭成一架桥梁，当你好奇地突然抬头向上看时，美妙的事情就发生了，岁月的痕迹已然淡去，你看上去就像小时候一样。你的脸庞以及它在你生命中所经历的亿万个瞬间，将会坍塌和腐坏，几个星期之后的尸体已很难辨认出你的模样。

甚至在你还未下葬之前，你的器官就已经开始腐烂；在你去世后尚未被发现、你还躺在你的床上时，腐烂就已经发生了。这叫作自溶现象，即自我消化。你肠道中的细菌开始吞噬死去的细胞，你的腹部将会出现淡绿色的尸斑。随后，这些细菌将扩散至你的胃部、胸腔、大腿、小腿——

生命是一个多么渺茫的奇迹，它约束着体内死亡的野性——那些细菌并非在人死后才出现在体内，它们一直都在，一直都想将你吞噬，而促进你肉体腐烂的各种酶也一直都存在于你的细胞之中。只有你强烈的生存的欲望才能阻止这一切。你是否了解或是否能感知到身体为了你的存在所进行的激烈的战斗？

然后，这场仗打完了，战争结束了，你的消亡过程开始了。蜂拥而至的细菌，盘踞在你体内，它们在消化你时将释放出气体，于是你像发面团一样鼓胀起来。在你死后的第三四天，你的身体开始发臭，体形将变得十分庞大，体内进行着激烈的活动。甲烷及各种气味释放而出，身体发生肿胀、变形，舌头从你嘴中进出，液体从你鼻中淌出，小肠流到直肠，一场酝酿着的、缓慢发作的爆炸，生命最古老、最高效、最令人敬畏的清理行动正在纷乱中进行。

这是多么不可思议的团队工作，它们不知疲倦，就像迪士尼动画片中那样活力满满。一二一，嘿呦，嘿呦，乐观昂扬、整齐划一的小矮人军团，伴随着一阵消失的烟雾，高歌一曲死亡合唱，开始变身，念出咒语"比波波得 - 波比比得 - 波"，天哪，刚才还是蓝色的手指逐渐变成了黑色，爆炸也慢慢停歇下来，就像它刚开始发生时那样，各种气体也渐渐消散，躯体崩坏，整个过程达到高峰，身上的肉变得松弛，第一批军团撤退，没有经过防腐处理的尸体，这时在死后大约十五天，就会进入下一阶段：黑腐。肉体变成乳脂状，上面附着瘀青似的尸斑，躯体躺在一摊液体里，肉食性甲虫、蛆虫、寄生蜂接踵而至——

不过，你的尸体经过了防腐处理，因此十五天后，这些事情不会发生在你身上。我亲爱的表弟，不会的。你将安然地躺在你棺材里的永夜之中，远离（再也无法回到）你曾经爱过的每一个人身边，并且你的头颅已被锯成了两半。

保罗表弟，保罗表弟。

在那个我了解到你必将变成黑色的腐烂物的网页，底部写着：

如果你正在困境中挣扎，不妨考虑一下"优助"（BetterHelp）线上心理治疗。

你值得拥有！

"我来讲解一下睡眠周期。你是否对睡眠周期有所了解呢？"

"不太了解。"

"我来画一张示意图。"

"我感到非常——"

"焦虑。"

"还有生气。"

"我们想睡觉的时候，生气是无益的。"

"我明白。"

"这个圆代表一个完整的睡眠周期。一个周期大约是 90 分钟，睡眠状况良好的人一夜大约经历 5 个这样的周期。图上的这一部分是第一阶段，我们称之为'浅度睡眠阶段'；接下来进入第二阶段，叫作

'中度睡眠阶段'。这样讲可以理解吗？整体而言，这一阶段持续的时间最长，我们夜里的大部分时间都处于这一阶段。它非常有助于休息，我们睡得也很安宁，身体可以养精蓄锐，不过这还不是最有助于身体恢复活力的阶段。最有助于身体恢复的阶段是第三阶段'深度睡眠阶段'。在这一阶段，你的心率下降，也不会轻易醒来，除非有什么事或是什么人打扰到你，不过即使是这些外力也很难将你叫醒。大约在前两个睡眠周期，深度睡眠持续的时间大致为半个小时，但是每经过一个睡眠周期，这一阶段会逐渐缩短，因此留给你的时间也就不多了。讲到这里可以跟上吗？接下来的阶段我们称之为'REM 睡眠（快速眼动睡眠）'，即第四阶段。在这一阶段我们会做梦，这一阶段与深度睡眠阶段可以说是截然相反的。我们的心率会加快，并且随着睡眠周期的推进，REM 睡眠的时间会变长。在第一个睡眠周期，这一阶段持续十分钟左右，而在最后一两个睡眠周期，它将持续大约半个小时。之后，我们将再次回到第一阶段'浅度睡眠阶段'，人几乎是清醒的。半夜里，我们也可能在这一阶段醒来，这种情况很常见。对于睡眠状况良好的人来说，这也是很自然、很正常的。醒来之后，我们的睡眠周期又重新开始了。"

"……"

"我们想让你能够获得一些舒适、完整的睡眠周期，还有多一些深度睡眠阶段。"

"问题是，不对劲的事太多，痛苦也太多了。我的姐姐、我的爸爸、我的继母，我很想给他们一些支持和帮助，但是失眠把我折磨得精疲力竭，我几乎无法正常做事。我一直处于担心的情绪中，为所有的事情而担心。担心我的家庭，担心我睡不着觉。我也已经停止了写作。一点觉都没睡，我就去大学里教课，坐在那儿，一句话我刚起了个头，后面却不知道该接什么，也不知道该怎么收尾。我能感受到自己的皮肤紧紧地绷着。"

"你是说睡眠不足影响到了你的心理健康？"

"我很绝望，我想知道这种状况是否终将会结束。我想陪伴我的家人。若是知道这一切定会结束，若是有人能向我保证、让我安心，我就可以应付。"

"我并不会去安抚你。我们的这项治疗并不是在你的伤口上贴一张创可贴，而是帮助你改变你的行为和思想。"

"我不清楚我的行为和思想有什么问题。"

"这就是我们要弄清楚的。"

"之前我也没有什么正确的思想，但是我睡着了，我不需要什么专门的关于睡眠的想法。"

"你需要相信自己能够重新获得睡眠。"

"什么时候睡觉成了信念问题了？"

"你得将自己的消极态度转变为积极态度。"

"我只是想有人能给我一个保证，让我安心。"

"我们很容易陷入'是的，但是'的模式。当我们获得帮助时，回答往往都是'是的，但是'。我们所进行的治疗就是让你远离这种模式。获得'是的'的心态，而不是'是的，但是'。"

"是的。"

但是——当你连续三个晚上睡了五个小时，你试着去保持积极的心态。你努力试试看。

我躺在床上，一连数小时重复着这个词。Yes（是的）、yes、yes、yes、yes、yes、yes…

"是的"（YES）这个单词怎么拼呢？

Yes.

"眼睛（EYES）"这个单词怎么拼写呢？

E-yes.

Yes、yes、yes…

Eyes、eyes、eyes…

Yes、yes、yes…

Eyes、eyes、eyes…

Close your eyes. close your eyes…（闭上你的眼睛……）

Close you're yes. （将你关闭是的。）

Close you are, yes. （将你关闭，是的。）

Yes. （是的。）

Yes? （是的？ ）

我自渺如尘埃，却似天使安眠。

我将这句话作为自己最近刚出版的小说的开头。我不清楚这句话的作者是何许人也，不过显然她什么都不知道，对世事缺乏基本的了解。

"我自渺如尘埃"这句并非她的原创，而是出自奥古斯丁《忏悔录》的开篇。"却似天使安眠"这句是她写的，但是她既对天使一无所知，也对睡眠不甚了解（就像鱼儿无法理解水一样），她只是在凭空臆想，还是太幼稚了。

"然而那一夜，我却睡得不踏实。"她写道。她在写这句话时，其实并不知道什么叫"睡不踏实"。她只是知道"不踏实"（ragged）这个词，知道它是个形容词，可以用来描述诸多事物，包括睡眠，不过

30

她对"睡不踏实"实际上毫无概念。如今，语言文字的欺骗性令她感到无比震惊。每个词都在宣扬着自己的权威，每个字都渴望获得信任，而我们阅读他人的文字，是从中觅得某些联结和共鸣，因彼此共同的人生经验而获得安慰。但是，文字的背后并不一定有经验，文字就像投射出的影子，即便前方没有实际物体，影子也能兀自存在。

后来，每当我在小说中读到有人饱受失眠之苦，便会立刻牵动起我的心，先是与小说中的人物发生联结，接着与作者产生共情，就好像但凡有能力写出这些文字，就代表着此人一定对这些文字也有深入的了解。然而，文字不过是依附于某个想法的一串字母组合。而想法却不必依附于世间的任何事物。一个经验贫乏的人照样可以有丰富的辞藻，并且可以不断地创造、输出、挥洒，在某种程度上还可以以此为生。

"那一夜，我睡得不踏实。"我们的小骗子写道。人们对于那些超出自己专业领域的写作者往往颇有微词，而更差劲的写作者，甚至盗用他们并不了解的他人的人生经验来创作——例如，一个白人男子盗用一个孟加拉妇女的经验；一个没有孩子的女人盗用一位母亲的经验——然而，当我睡眠尚佳、脑海中却冒出一个关于失眠的念头时，并没有人从我手中把笔夺走。要写虚构类的作品你必须得参与有组织的欺骗，像洗钱那样，将经验转到文字的离岸避税港进行洗白。

　　我们这位小骗子的人生阅历有限，但拥有的言语辞藻却是其阅历的上千倍；于是，她不得不编织谎言。不要相信她所说的一切。每个字都像一小份遗产，这钱不是费劲赚来的，但是照样可以花。

凌晨 1:00：

躺着吧，就这样好好躺着。又能怎样呢？就这样躺着吧，想想那些美好的事。

法国的夜空——是那样浩瀚、漆黑，闪耀着灿烂的繁星，我们刚从车里出来，仰头便被它深深吸引，我们俩立刻就站在那里，张大嘴巴静静地望着天空。银河像一张宽大的、边界清晰的弓，在我们的头顶蜿蜒着，星星——多得数不清——当真在一闪一闪眨着眼睛。

法国的日落时分，赤红色的地平线宛如喷薄的火焰，上方隐隐透出月亮的倩影，好似一只乘着烟雾从烈火中脱身的飞蛾；顷刻间，金星、火星、木星和土星形态毕现，肉眼可见。成群的蝙蝠从颓圮的中世纪古堡塔楼上倾巢而出,朝着我们的头顶俯冲过来,接着又一股脑儿地飞回巢穴。蟋蟀的歌声渐弱渐稀。搭在阳台栏杆上的我的泳衣,因氯气的作用和穿了太多次慢慢变得松松垮垮,而我这两个月的游泳也加速了这一过程。

我想到游泳。有人曾送我一只从阿曼带回来的贝壳,那是一只海螺壳,外表光滑洁白,刚好是手掌的大小,夜里我常常会握着它。我也时不时地会松开手,直到海螺再次变得冰冰凉凉。我想到游泳,循着水流的线条在池塘中浮浮沉沉。想到我在水下随波逐流,在水中我的双手永远年轻,闪耀着明亮的光泽。珍惜你所拥有的幸福吧,你得知足。躺在这儿,想着落日、游泳和星辰,还有什么害怕的呢?让怦怦跳的心平静下来吧。

有一种行为叫作"夜间宽恕",指的是人在夜里会放下所有的过错、内疚和苛责,时效仅限一夜。你可以将这一切拒之门外。就这样,我一件件地原谅了我能想到的所有事情:飞驰而过的超速的车辆,洗劫了喂鸟器的寒鸦,折磨我的整个宇宙,以及折磨我的自己本身。突然间，在我九岁时爸爸帮我扎辫子的场景浮现在我的脑海，那时正是妈妈刚刚离开没几周。爸爸用他那建筑工人的疤痕遍布、似皮革般粗糙的大手，为我编起了头发。

时间已经一点半了，转眼还差一刻钟两点。一棵树上的李子掉落在餐厅的地板上，我试着将它们捡起，这些李子已是紫红色，熟得正好，有些还被人踩了。与此同时，我意识到我这一定是在做梦了，也就是说我已经开始入眠了，一想到这儿，我获得了最快速的胜利时刻——我睡着了！——就在我醒来之前。

夜里我并不看表，但由于我经历过太多次的彻夜无眠，我对时间的感知可以精确到十分钟或二十分钟；我清楚时间流逝的质感，也清楚我的思想被黑夜逐渐侵蚀的质感。大约就在此刻，我的思绪开始显现出磨损的迹象。先前那种小心翼翼的平静的安抚已经不起作用。宽恕变得荒唐可笑，所有那些被挡在门外的被原谅的事情，又开始在我的床边逡巡徘徊，不甚满足的样子，似乎是想要从我这里再得到些什么。

我想再回到刚刚那个关于李子的梦中。我将眼睁睁得大大的，闭眼时心中暗暗希望这样能诱使眼皮变得沉重些。至少我做了一个关于李子的梦，代表着我睡着了；这是好事。然而，只是睡了五六分钟。这就不怎么乐观了。谁能只靠五六分钟的睡眠活着？我怎么能呢？

我任凭海螺从手中滑落。心中满是沮丧与愤懑。可是，生气是没有用的，一点用都没有。我想着金星、银河以及各种各样的空间，这世界上所有的空间，宇宙、我们的身体、我们的思想。一切都是由空间构成，它们所容纳的空间却又超出了它们本身形态上的空间。想想看——你本人所拥有的空间也是多于你躯体的空间。想想看，当你在夜晚仰望天空时——你看到了群星，然而实际上你看到的是星星之间无尽的虚无，你看到了虚无是事物得以存在的必要条件，看到了每一个实体是多么贪婪地寻求自己的空间领域。

试着笑一笑。微笑可以给予大脑强烈的暗示，告诉它一切都好，还能带来幸福感。就这样躺着，保持微笑；金星、银河、月亮、蝙蝠、泳池、存放着人一生的记忆的无底洞，还有床的温暖。笑一笑吧。在黑暗中露出一小排牙齿，这是多么荒诞的一件事。

振作起来，用一种坚韧不拔、积极乐观的态度来看这个问题——你仍然有 10% 的可能性睡着，而且你现在入睡的话，还可以睡上五六个小时——足够了。当真可以说是睡了个好觉。

又过了一会儿，睡着的概率又降低了些，降到 6%，至多 7%。然而这是基于以往的经验做出的推断，实际上概率并非如此运作；每一次掷骰子的概率都是一样的。掷出了一个四点，并不意味着下次掷出四点的概率就会变小，也不影响再掷一百次的概率。每一夜都是新的一夜，同样也是新的一次掷骰子。

黑暗中，我又笨拙地摸索着那只海螺；有一种说法是，吹响海螺时发出的美妙乐音可以驱散恶灵，于是我用拇指握着海螺可以吹奏的那一端，将它放到我的唇边。可是并没有发出声音。我只是尝到了一股咸咸的味道，然而这枚海螺已经在我的枕边搁浅多年，按理说它不应该还有这样的味道。

我趴在床上，心想也许用这样一种我从未体验过的睡觉姿势，没准儿可以让睡眠乘虚而入。也许在我的大脑有所察觉之前，睡眠已悄悄地溜了进来。也许我可以将自己怦怦作响的心跳，压低到每分钟四十下。就这样，我保持这个姿势躺了半个小时。也许黑夜并不会注意到我。也许，有各种可能。金星、银河、李子树、床垫、蝙蝠、水下我那双明亮的手、疼痛的颈椎、突然入睡的倾向，以及突然醒来的倾向。

时间已经两点多了。一辆货运火车经过。

在我表弟葬礼那天的夜晚，我待在高速公路服务站的小餐馆里，店里临近打烊，笼罩着一层肃穆的沉寂。耳畔只有擦地机的嗡嗡作响，以及铲子在餐盘上发出的叮叮当当的金属声。窗外是漆黑的夜色，倚靠在窗边的是我，映照在窗中的也是我。我及我的倒影。

倒影的我向倒影的嘴里投喂着芝士通心粉，这具躯体、芝士通心粉、嘴巴——没有一样是真切存在的。

躯体的倒影远远地悬浮在一片虚空的黑暗之中。我实在太饿了，便不再理会。谁能想到在高速公路上或其周边，竟有口感如此紧实、似黄油般滋润绵密的胡萝卜呢？不过，为何经过如此漫长的时间，这一幕才得以实现？人类已将太空探测器送上土星之环；人类打造的地下机械装置，可将粒子加速至每秒运行

2.998 亿米，重现了宇宙大爆炸刚结束时的环境。为何直到如今，直到 2018 年，一根美味的胡萝卜才出现在高速公路的服务站里？

我的幽灵正遥远地飘浮在深不可测的镜像世界的一隅，它从不会感到饥饿或是满足，也不会被数周的失眠所折磨困扰，亦无从知晓我熬过了这一天，才在两个世界的夹缝中为自己抢来这半小时。它不明白这种沉郁的悲伤，也无法领会这种恐惧——每当我想到我正吃着芝士通心粉，而我的表弟，那个曾经与我在外祖父母花园里跑来跑去的伙伴，却已深埋于地下。

不过，此刻的我尚且感到温暖，心思也颇为平静。我不想回家——家对我而言，是一张我再也无法安睡的床；也不想回去——回去的是我逝去的表弟。我只想待在这儿；一间偌大而安静的咖啡馆里，一面巨大而漆黑的窗户边，这把塑料椅子，似乎就是我寻觅已久的所在。

这一天已接近尾声。那边有两个男人在用餐，就快吃完了；一个男人在清扫地板；还有一对退休模样的夫妇和餐厅里的一个女人，端出了刮擦得斑斑驳驳的托盘，里面盛着牧羊人派①和意式千层面。你们都会死的，我想。我的胸中涌起一股怜悯，喉头哽咽了。此刻，或许你正举起餐叉朝着一盘牧羊人派开动，然而，你同我一样，终将死去，而我能告诉你的唯有这些：

> 我们正在活着，我们也正在死去。
>
> 我们身在服务站里，我们也身在死亡之中。
>
> 我们身在服务站里，我们也身在生命之中。
>
> 我们身在死亡之中，我们也身在服务站里。

> 在死亡之中，我们——这就是我们。我们的命运。

---

① 牧羊人派（shepherd's pie），英式传统平民食物，又名农舍派（cottage pie），下面是牛肉或羊肉肉末，上面铺以土豆泥进行烘烤。

一些说明：

我经常会睡不着觉，是一丁点儿觉都睡不着。这并不是指那些天我睡得不好，而是我根本就没有睡觉。我的睡眠状况向来不好，但若是夜里睡得差还算是好的，至少是睡了点儿。

当我没有睡觉时，那种感觉与其说是疲惫，不如说像是被人打了一般。一夜无眠，第二天早上我的眼睛疼痛难当，碰都不敢碰，几乎睁不开。全身的关节酸痛无比。嘴里有一股不寻常的味道，我想不出任何味道与之相似，它只像是一种感觉：失败的感觉。疼痛在我脑袋的整个半球蔓延，头顶的几处旧伤疤更是针扎一样地刺痛。我用怀疑的目光打量着这个世界，一切似乎都带着敌意和恨意而疏远我。有一种不希望我好的势力正在运作，它是专门冲我来的。

夜晚我爬上床，被痛打一顿，早上再下楼。之后，我仍像从前一切正常、我从未挨打时那样生活，每个人也把我当成是没有挨打的人来对待，就这样，我活了下来，但也仅仅是活着。若是有人想要毁掉你，大可夺走你的睡眠。毋庸置疑，这个办法久经考验，屡试不爽。

我在法国与朋友们同住时，早上我总是下来得很晚。我觉得自己似乎鼻青脸肿，担心会吓到他们，担心他们会让我回避，不让家里的小孩看见。然而，恰恰相反，朋友满怀同情地看着我，问道："*Une petite nuit?*" 我答道："*Oui, une petite nuit, encore.*"①在这个表达中，法语完全错了；清醒的夜晚是这世上最漫长、最巨大、最空洞的存在。你走过一英亩又一英亩的无尽黑夜，跨过一个又一个时代，在这漫漫长路上，直至天明都遇不上一个相似的灵魂。

---

① 这两句原文为法语。"*Une petite nuit?*"字面意为"短短一夜？"，引申义为"昨晚没睡好？"。"*Oui, une petite nuit, encore*"字面意思为"是的，又是短短一夜"。从此段后文可知，作者在该语境中强调的是字面意思。

43

当我睡不着时，我便整夜在错综复杂的过往里追寻，努力想弄清楚自己究竟是哪里出了问题，我将童年往事细细检阅，想看看失眠的根源是否在那儿；我尽力寻觅，究竟是哪一个想法、哪一个物品或是事件将我从一个能眠之人变成了无眠之人。我费尽心思想要找到一把钥匙，能让我彻底解脱。我努力去解决眼下已成为我生活的全部的逻辑问题。我在思绪的舞台上兜兜转转，其边界渐渐收缩，好似一头北极熊被圈在蓝白相间的脏兮兮的塑料围场里，里面是伪造的冰盖和水，然而其实一滴水也没有。我转了一圈又一圈。凌晨三点，四点。总是在凌晨三点，四点。我转了回来。

当我睡不着时，世界开始变得极度危险。倘若食物或水被拿走，你会没有安全感；倘若失去这些东西的时间足够久——不至于久到让你彻底死亡，但却足以消耗你，你将开始怀疑，如果生命只会用匮乏来威胁你，那生命的意义究竟何在。一项作为动物的生理需求无法得到满足，恐惧就会降临。起初，你会害怕死亡，之后情况进一步恶化——你会害怕活着。你不再想要自己的生命，不再想要这种状态下的生命。当我睡不着、睡不着、怎么也睡不着时，我会不想活了；只不过我缺乏动力（勇气？方法？）去了断自己的性命。于是，我只能忍受着我不堪忍受的生活，陷入无解的僵局。

当我睡不着时，我会一动不动地躺几个小时，心脏却怦怦直跳，好似在躲避什么野兽；当肾上腺素在体内逐渐积聚，我会突然崩溃，跳起来击打东西，捶墙，捶自己的头，用头撞墙。我会发出哀号，我会放声尖叫。我会踱步，不停地踱步，好像在跟踪那个曾经的、健康的我，而如今她已将我远远抛下。

从前我能安睡时，我对这些一无所知，完全不了解怎样才能熬过无法熬过的难关。夜晚，我被扔进狼群之中。唯有像狼一样长嚎，才能够活命。想必这也是许多人的真实感受。如今我更能从人们眼中读出这副神态。比如说，自行车停车架旁边那个无家可归的流浪汉，终日穿着一件褪色泛白的黑外套，瘫坐在一辆行李小推车上，坦白讲，他看起来就像一个垃圾袋，他身上透着彻底的多余感和荒废感，而他本人就像是这些感觉的人格化写照。如果你被一个冷酷无情的世界的阴谋诡计摧毁和抛弃，那么就伪装成一个垃圾袋；如果你身陷野蛮凶恶的狼群之中，那么就伪装成一匹狼。如此便可以在众目睽睽下将自己隐藏起来。

有时，我会给他点钱，他从未主动要过，看着钱落入脚边的杯子里，他的表情也是漠不关心。有时，我不忍看他，因为当我的五十便士从手中滑落时，他流露出的空洞目光，似乎在说他靠钱接济的日子早已过去。他是一个孤独的生物，曾经需要帮助的日子已一去不返。如今他坐在那儿并不是为了想收钱；他坐在那儿仅仅是因为人都得有个地方待着，因为人不能无处可待。有时候，我感到极度疲乏，对生活无比反感，便不会给他钱，也不想看到他，一心只盼他消失，或者快点死去。看见他如此费心地生存着，我体内的狼忍不住想要攻击他。为何他要这样活着？他为何不能放手，我心想。他为什么不放手？

"你或许是到了更年期。"我的朋友说道。

我已经到更年期了吗?

女性到了更年期,睡眠质量确实会有所下降。

怎么知道自己是否已进入更年期了呢?

朋友建议我去问问医生。到了医生那里,我的坐姿就像个孩子,双手祈祷似的微微合在一起,置于两条大腿之间,脚踝交叉着。一坐到医生面前,我总是会觉得自己像个孩子一样,而这回我问起更年期的问题时,这种矛盾感更加强烈了。我羞红了脸,甚至不好意思将这个词宣之于口,仿佛这个词突然界定了一个群体,某个姐妹团或是妈妈团,而我在试图让自己强行加入。

医生也这么说。她问我:"你还有没有别的更年期症状？潮热、夜间盗汗，你的经期还规律吗？"

她说我睡不着是因为我太焦虑了，她让我看我填的一张表上得出的焦虑分数。

我的身体突然感到羞耻——一瞬间觉得自己太老又太年轻了：我太老了，面对权威时已经不会因恐惧而去服从；我又太年轻了，不能认为更年期居然会是我所面临问题的症结。而我的问题不过就是我自己的问题而已，我不该用人生的一个阶段、女性的一项重要仪式来美化它。这位医生也是个女人，想必已经历过更年期，大概是坚韧地挺了过来，其间正常工作，没有一天缺勤。此刻她的坐姿同我一模一样——双手放在两腿之间，身子微微前倾——只不过她散发出的气场是一种母亲般的、管教式的。她前倾的姿势像是在说："差不多了，别再犯傻了。"这是一种原始的战术，通过巧妙地进入他人的空间领域，让对方明白谁才是主导者。空气中多了些剑拔弩张的意味，这是我始料未及的，因为我的姿势已经清楚地表明了我知道谁才是主导。当然，气氛之所以变成这样，是因为我的羞怯让对方有了进攻的机会。我坐直身子，双手从腿间抽出，放松地置于大腿上，不过依然是合在一起的。我很想让双手分开，但是它们并不听我使唤。

我提议再做些检查，她回道："做检查并没有多少意义。检查反映出的情况十分有限；荷尔蒙水平变化很大，受太多变量的影响，所以检查没有多大用处。检查反映出的只是那一瞬间的生理表征，并不能评估人体持续的状态。"

"也就是说，没有办法确定我的睡眠问题是否跟荷尔蒙水平有关，是吗？"我问道。她答道："就算知道了也没有什么可以干预的措施，因此知道了也没什么用，更年期是人生必须（她停顿了一下）经历的。"

她用的这个词横亘在我们之间，让人感觉有些匪夷所思——她说的并不是"忍受""遭受"或是"应对"，而是"经历"，就像是我不愿意面对这种经历似的。就像我来这儿不是因为我遭受着某种痛苦，不是为了想办法减轻痛苦，而是想让她帮我阻止某种经历。这个词又一次彰显了她劝诫的意图，就像劝诫一个孩子：你希望这个世界简单、公平、没有任何困难，然而世界并非如你所愿，你越早认识到我是无法帮你免受人生中必经之事的——也就是说你越早成熟——越好。

要学会忍受——这种说教女性听得一定比男性多。我在某处曾读到，女性生病了去看医生，得到的答复更有可能是她们的症状是因为压力太大造成的，而男性去看医生，往往会得到仔细的检查，甚至还更有可能被转到相关的专业门诊。将女性的症状归结为压力，就意味着女性不舒服的原因是将自己的人生经历复杂化，或是看得太重了，而这一倾向是可以避免的，只要她们做一做呼吸和感恩练习，不再因她们生命中不可避免会经历的事情而大惊小怪，不论是月经前的情绪激动，孕期盆底肌受损，分娩时大小便失禁，更年期睡眠障碍，还是受制于各种不易察觉却无处不在、影响她们生活方方面面的不平与不公；在扮演女儿的角色中，自我会变得越来越模糊，逐渐荒废，直到自我彻底丧失，沦为背负着种种义务、罪责和失败的载体，之后女性成为母亲，面临随之而来的能量，"女儿"这一身份会暂时隐退，然而当女性没有退路，生活彻彻底底被孩子占据时，这一身份又会卷土重来，变本加厉，这种自我的消减不仅仅是社会所期望的，而且是受人推崇的。

医生问我还有没有其他问题，说话间，她的身子进一步前倾，脸上的笑容好似在说：谈论这一话题时，我们的观点是多么一致。这个笑容也暗示着谈话到此为止。

若是弄清楚了更年期是我所面临问题的症结，至少我就不必再去寻找其他原因了，我说道。我想表达的意思是，这样我就可以不用再花大把的钱和时间，想方设法地在我的内心深处挖掘某些情感的文物，将之视为反映我本性的端倪，忍受着这种挖掘带来的痛苦和侵扰，试图触及问题的根基——我的害怕和恐惧所依附的根基。若是能通过某种方法（具体是什么方法我还没有弄清楚，但相信终将会了然的）摧毁它，那个像塔楼一般耸立着的囿于自我意识、烦恼不安的我则会轰然倒塌，而我的弱点、缺陷、恐惧以及于我无益的种种倾向也会随之而去，包括我的失眠。不过这些我并未向她吐露半分，只是觉得我人格中的什么东西在这一瞬间意欲崩溃，那就是我本该有气魄行使一个成年人的权利，但我却做不到。此刻这种童年时代无助感的诡异重现，或许就是我想要刨根究底挖出来的某件"文物"。而这或许也是我无法入睡的原因之一？

"你考虑过做心理咨询吗？"这位医生问道。

我告诉她我一直在做心理咨询。

"你觉得这种方式挺好的吧？"

从哪些方面来说是好的？我想问她，是对身体健康有帮助的、有效的，还是符合道义的，一个人因为心理上出现的一些小毛病，给 NHS[①]带来了负担，而这种方式是她所能做的唯一符合道义的事？无论是指哪个方面，我知道正确答案是"是的"。她想听到我肯定的答复，相当于我无意间承认了我的睡眠问题是心理问题，不是所谓的生理问题，于是责任在我自己这儿，与她无关。

---

① 国民医疗服务体系（全写为 National Health Service，指英国靠赋税维持的公众医疗服务）。

“是的。”我答道。

“不错。那你会继续进行吧？”

她心想，为什么她得日复一日地坐在这儿，听那些不愿为自己的健康负起责任的病人喋喋不休呢？为什么每个人都想做个检查，要个诊断，或是盼着大夫给开点药？他们一心盼望她能挥一挥魔杖，但是她并没有魔杖，而且药物本身也不存在什么神奇的魔力，从来都没有。病人被奇迹般治愈的时代早已过去，她心想，或者说她生命中曾经相信这种事情可以发生的日子早已过去，如今她只是一个给人排忧解难的知心大姐，一个药贩子。她一半的时间不是用来诊断和治疗病人的初始疾病，而是治疗她所开药物在病人身上引起的并发症。她已然变成了一个治疗并发症的医生，她不得不开更多的药物来对付这些病症，而更多的药物又会导致更多的并发症。

其中有些病是治不好的——人体脆弱易朽，药物也并非全能。不过，总是有一些人，他们本没有到要吃药的地步，他们的症状是可以预防的，但现在他们希望她能采取某些措施，弥补他们自己本该做而未做的。叙利亚人民在炮火纷飞中都能睡着，而你躺在你的大床上，盖着温暖的羽绒被，带海藻味道的头发散在人造羽绒枕头上，置身于和平的天空下，没有半点炮火的影子，你怎么就睡不着呢？公主殿下，是哪颗豌豆搅扰了您的安眠？是一辆路过的奥迪车吗？究竟是何等缺乏意志力，心灵又是何等脆弱，以至于你得依靠药物才能应对从古至今代代相传所有动物都会面临的问题呢？但是，她必须得开药，因为这是他们想要的。你能听到，人们从进门的那一刻起就喋喋不休地吵着要药。也许他们甚至都不想好起来，他们已经习惯了身体不适给他们带来的那种可悲的关注度和影响力。他们既希望她能确认他们的病情是如何严重而罕见，同时又希望她能保证，尽管生了这病，他们却不会遭受难忍的痛苦，也不会致死。

我作出了肯定的答复，告诉她我会继续做心理咨询，每天会继续进行冥想，睡觉前会尝试更多的放松技巧。我在说这些时，她的眼睛一直盯着电脑屏幕，接着她侧过头来，继续朝向我。

"不必小题大做。"她用温柔的语气说道。

"不必小题大做。"我回道。

此刻，我不清楚自己究竟是像个孩子，还是像个站在地方法院法庭上的人，面对着法官，我保证自己将不再重蹈覆辙，要做个良民，不再给社会增添负担。孩子是温顺而无辜的，站在法庭上的人则是温顺而有罪的。我无法确定自己究竟是哪一种。

医生没有说话，脸上的表情似乎心满意足。我想告诉她，我每天进行的咨询、冥想以及种种放松的方式，对我的睡眠没有什么帮助，只是增加了我的挫败感，因为我不仅在睡觉这件事上失败了，甚至在冥想、放松和心理咨询上也失败了。我的目光透过带有窗棂的高大窗户向外望去，穿过一座座花园、河流、铁轨和运河，到达远处的小山，我看见坐落在山坡上的那座恢宏的乔治时代建筑，那里曾经是我居住过的地方。想到我生活在其中的样子，就像是在阅读生活杂志上描写他人的一篇文章，是那种会让你心生羡慕的人。

我的确羡慕她，不过更多的是羡慕她的年轻，而不是她的某项成就。突然间我发现，我所做的一切没有什么能称得上是成就，不过是一系列条件的结果，是这些条件塑造了我，而不是我的行为。青春年少，睡眠充足，有着充沛的精力、远大的志向，与我的行为没有关系；同样，人到中年，睡眠障碍，发现写小说毫无意义，与我的行为也没有关系。意识到这一点，我感到些许轻松。我想问问这位医生，她这个年龄的女人，对于失去美、失去美的力量有什么感受。不过不能这么直接问，恐怕会冒犯对方。你必须得限定你所指的美丽是那种显而易见的、年轻的美，而美还有其他各种类型；你得说明你认为对方拥有哪一种美。就这位医生而言，她的确是美的。她的背挺得格外直，头优雅地抬着，头发后拢梳成马尾辫，或许她十岁时也曾这么梳着。她透出一股慵懒的倦意，然而她挺拔的背又使她看起来似乎很警觉，正是这两者的不协调让她引人注目。

"若是你想做个血液检查的话，我可以给你开。"她说道。这既是权力的维护，也是权力的让渡——给予对方索取但先前你拒绝给予的东西，之所以给予，是因为这不过是一件你最终决定给出去的礼物，一件没什么意义的礼物；而且，这并不是因为你不得不给，而是你可以给。

我回答说："给我开吧，谢谢，我的确想做个检查。"此刻——多少是由于我看向窗外想起了从前那个租住在大房子里的自己——现在我几乎可以确信，我身上并没有出现更年期的迹象，还没到时候，或者说就算我已经到了更年期，这也不是导致我失眠的原因。我从来没有觉得它是。来看医生，不过是因为我的朋友这样说了——不仅是我的朋友，还有其他人也这样说，若是我连医生都不问一问的话，就显得我太粗心也太失礼了。现在我问了，其实问出这个问题也是对它的否定。就像是我死乞白赖地申请加入一个我并不想加入的组织，而在乞求时我发现，我想要的只是得到一个保证：你根本没有必要乞求加入。

绝经的念头让我恐惧，走到人生的最后阶段的念头也让我恐惧。十二岁时我第一次来月经的场景还历历在目，那是在莎士比亚的妻子安妮·海瑟薇的童年故乡斯特拉特福德，当时导游正向我们解释着"扭转局面"这个词的来源。绝经感觉像是对当年那个小女孩的背叛，虽然我也不知道究竟为什么会这么想。或许是因为我没有孩子，从那天开启的过程一直都没有结果，或许正是这个原因让我很难彻底敞开心扉，接受绝经和衰老的现实，而是一直都有种事情还未完成的感觉。

不过，我仍然同意去做血液检查，因为这就是我来这里想要的东西。神秘莫测又不受掌控时时变化着的荷尔蒙，像是活在我体内的幽灵，一直在我的生命中发挥着作用，而此刻我渴望能一窥它的真容。我再次望向那扇高窗外。这些天来，我唯一感受到的似乎只有我眼中的自己慢慢消失。我想再看看我自己，就算那只是一瞬间的样子，无法从中诊断出什么；其实，我毫不在意诊断的结果。于是，两周后，当我看见管子里充满了我深红色的血液时，心中突然涌起一股难以名状的感受。我被深深感动了。被自己的一管血感动听起来似乎很傻气，不过它的确感动了我，还让我产生了一种强烈的占有欲。

又一周后，检查结果显示一切正常，于是问题指向了我早已了然的事实——我的失眠是心理问题。

我得继续当自己的考古学家，四处开掘，看能否挖出问题的症结和解决的办法——但其实我害怕自己，并不是害怕会找到什么，而是害怕自己什么也找不到。

从前有一个女孩。

她大约十二岁。

有过一只狗。

有过一只狗。

那只狗体形硕大，性情温和迷人，它生着黑棕色混杂的、长长的毛发，动作灵敏，长着大大的肉食性牙齿，待人一腔温柔。这只狗被卷进混乱的离婚恩怨中，成为报复对方的手段。

当时正值期中假期。女孩去看望她的爸爸。离婚后，爸爸获得了这只狗的监护权，或者应该说是在他的强烈要求下获得了狗的监护权，因为这是女孩妈妈的狗，他之所以这样做，是想留下妈妈鲜活的一部分，或是想惩罚她这鲜活的一部分；究竟是哪一种心

60

理，我不清楚。当时是期中假期，那一周女孩和她的妹妹都待在爸爸这儿。

尽管爸爸拥有那只狗的监护权，但是狗与爸爸并不住在一起，因为爸爸与他的现任妻子住在一起，他们就住在街角。这位妻子讨厌与爸爸的前妻有关的一切。就在两年多前，狗所在的房子还是一个温馨热闹的四口之家，爸爸、妈妈和两个女儿生活在这里。如今已经人去楼空，只有狗和它身上疯狂滋生的跳蚤住在里面。

爸爸每天都来喂它，大多数时候也会去遛它，但是每天至少有 23 个小时狗是独自待着的。邻居们抱怨说，这只狗不分昼夜地嚎叫——他们之所以会有怨言，不单单是因为这叫声扰民，更是担心这条生命就这样被遗弃了。爸爸说他会尽量多来看狗，然而这很难实现，他既要忙生意，又要照顾他的妻子、新过继的孩子们和几条狗，还要招待偶尔来看望他的亲生孩子们。

每到学校放假时，女孩和她的妹妹会来看望爸爸，从妈妈家过来需要三个小时。女孩每次来时，都会一直待在她的旧家，同狗在一起，不仅是这次期中假期，每次假期都是如此。她觉得自己在爸爸的新家不怎么受欢迎，她也不喜欢那里——总是散发着一股贫穷、尿液以及挥之不去的饭菜味道。她会带狗出去散步，会几个小时地坐着，抚摸着狗耳朵之间那一小块柔软光滑的地方，或是揉揉它粉粉的无毛的肚子，狗很喜欢她这样做。她耐心地向狗讲着发生的事，不遗漏任何细节。她试着用手指捏碎跳蚤，她还发现消灭跳蚤最好的办法是在浴缸里装满水，将它们淹死。她与狗一同躺在生满跳蚤的毯子上，一起睡着了。等到假期最后一天她要走的时候，她全身上下从头到脚都是跳蚤咬的包，但她毫不在意。

就这样过了一年。这次期中假期将是最后一次这样度过了。女孩已经强烈恳求她的妈妈，妈妈又恳求她的爸爸，双方终于同意，这一年来的安排不甚合理且十分痛苦，之后狗将会跟女孩、妹妹和妈妈一起生活。等到星期天女孩和妹妹回家时，她们会带狗一起走，从此将一起生活在妈妈的新家里。

这次期中假期，女孩还是像往常一样，整日与狗待在一起，并将接下来的计划告诉了狗。她用清晰易懂的语言对它讲了许许多多遍，好让它明白这不是凭空的想象，不是小孩子天真的愿望，而是已经商量好的事实。幸好提前告诉了它，因为星期三那天，狗病了。女孩看得出来，它不吃东西了；平时女孩进门时，它会全然不顾自己阿尔萨斯狼狗的巨大体形，以芭蕾似的舞步蹦跳着迎接她，步伐里洋溢着纯粹的喜悦，而如今它只是抬了抬头。它似乎是出现了某种精神上的崩溃，女孩心想，若是不能尽早让它从这个环境中解脱，悲剧在所难免。她告诉狗不要担心。那天晚上她离开时，还在一遍遍地安慰着它：不要担心，不要担心。

第二天，狗依然不吃不喝，无精打采。它的鼻子又热又干，女孩根据自己仅有的对狗的身体的了解，知道狗的鼻子若凉而湿润，它便是健康的；若是热而干燥，它的健康则出现了问题。即使不看鼻子，她也知道狗的身体状况不好，鼻子似乎是印证这一点的外在表征。爸爸去上班了，她不知该如何联系上他，于是她去找了隔壁邻居。邻居过来看了看，又打电话叫了兽医。兽医来了，他扫了一眼这间四处跳蚤、灰尘遍布、散发着一股阴冷陈腐气味的客厅，跪在地上开始给狗治疗，无比温柔的样子令女孩几欲落泪。兽医诊断说狗是肾脏感染，要尽可能地让它多喝水。他给女孩开了些药，让她喂给狗。临走前，他告诉女孩和邻居，无论发生什么，狗都不能再独自待着。

那天晚上，女孩第一次留在那座房子里，陪着狗。虽然这里是她出生时的家，见证了她许多个第一次——萌出第一颗牙，开口说第一句话，第一天去上学，第一次看见想象中的朋友，第一次独立阅读……但她并不想再住在这里。所有家具都还在原位，卧室是为四口之家而布置的，床依然是铺好的样子，桌子上铺着从她曾祖父传下来的蕾丝桌布，上面摆着她妈妈的大枝形烛台，对于一套三居室的半独立式住宅来说显得有些太大了，窗沿上摆着马和马车，书架上放着约翰·韦恩①的雕像，厨房的墙上挂着妈妈画的画，旁边是爸爸画的漫画。一切都是从前的样子，只是再

---

① 约翰·韦恩（John Wayne，1907—1979），美国电影演员，曾获奥斯卡最佳男主角奖，代表作有《大地惊雷》《搜索者》等。

也没有人碰了，所有东西上都积了一层灰尘。不知怎的，她有点害怕这座房子，害怕摸着黑上楼。她挨着狗睡在了楼下的沙发上，一只手搭在狗的背上。

第二天，爸爸别无选择，只能硬着头皮去面对他的妻子。他坚决要求让那只狗住进他的家。这时狗已经不怎么动了，女孩抚摸它的耳间，它只会抖抖耳朵或是抬抬眉毛，女孩觉得这些小动作似乎是狗在表达感激，但其中却没有了愉悦。她告诉狗只剩两天了，到后天它就不必再忍受这座房子，可以跟她一起回家了。只剩下两天时间了。

这一次，女孩知道狗快要死了。老实说，两天前她走进这座房子，而狗并没有跳起来，那一刻她就已经明白了。当她看着狗缓慢地起身，摇了摇尾巴，她的腿上袭来一股沉重感，不是虚弱无力，而是隐隐的沉重，一种预兆性的沉重感，知道接下来将会发生什么。她的腿总是饱受折磨，多年来一直会出现一种奇怪的发育性疼痛，她有段时间都无法走路，这似乎预示着老年时或是日后的不幸。她很好奇自己的腿是否早已知晓这一切，从她出生，到她妈妈离开，以及她的狗会经受这样的折磨而死去。腿会知道这些吗？也许吧。

她不想让狗狗去爸爸的家。她无法想象这只狗与几只瘦巴巴的狗在一起的画面，妹妹总是称那些狗为"老鼠"，这个说法毫不夸张；她无法想象那骇人的景象，它待在那间散发着霉味、色调昏暗的屋子里；她想让人人都看到这只狗病了，这样等到狗死的时候，人们都能明白是这家人害死了它。狗缓缓爬到爸爸家的沙发后面，一动不动地躺着。它已经不喝水了。他们又叫来了兽医，这回兽医走的时候，整个房子里异常安静，就连只会摆出一副毒蛇似的面孔的继母看起来都柔和了几分，脸色也变得苍白。

万圣节的早上，也就是那个星期六，狗去世了。当天晚上，爸爸的弟弟——女孩的叔叔——要办一场万圣节聚会。继母不想让爸爸参加，而爸爸本来想去，却也只好愤愤地答应她不去。女孩想起爸爸曾经看起来如此强壮威武，在她看来像个巨人，一个跳山羊可以跳过五英尺高的柱子的人。

狗狗的去世仿佛带走了这世上所有的空气。它的遗体被送到兽医处，放在那儿，兽医说，它大概已经疼了一段时间了，有一周或是两三周了。但是狗是非常坚韧的动物，它们想让自己的主人开心。爸爸哭了；女孩从未见过爸爸落泪，她希望他能停止哭泣，又希望他就这么一直哭下去。妹妹从前与狗没有多少感情，此刻却也哭了一会儿，哭完，妹妹脸上挂着失神而痛苦的表情，试着安慰她。

在过去的两年多时间里，女孩对成年人的世界有了不少了解：他们如何对待彼此，如何责备他人；他们或是她自己不开心时，她又会怎样责备自己。似乎对她来说，若是有一部分问题是她的错，那么这一部分问题也应该由她来解决。那个万圣节，她目睹了爸爸将狗的死怪到了继母头上，而继母又责怪爸爸过于在意狗的死，超过了对她的关心。而女孩只想一个人待在原来的家里，也就是她眼中狗狗的家，再去摸摸狗碰过的东西，从地毯上捡一些狗的毛发，在它身上掉下来的跳蚤中间坐一坐。

那天晚上，爸爸、女孩和妹妹一起去参加了万圣节聚会。在场的所有人都认为爸爸一定得在这儿，于是每次继母打来电话，都会有不同的人去接听并告诉她女孩的爸爸一定得在这儿，他自己亲兄弟召集的聚会少不了他，这个悲伤的日子他得同他的家人一起度过；在过去两年里，他过得很煎熬，妻子离开了他和孩子，留他一人独自照顾两个年幼的小姑娘，最后女儿们也走了，只能趁学校放假时过来稍稍陪他一会儿。明天女儿就要回她们的妈妈家了，这个可怜的男人经历了如此难挨的一天，他需要时间跟她们多待会儿。

当晚聚会结束后，女孩和妹妹一人一侧搀扶着蹒跚的爸爸走回了爸爸家，他们进了大门，来到狭小的、没有草坪的前院，发现爸爸的东西都被扔了出来，堆在门口和窗前。

爸爸的脚步突然不再那么摇摆，他们一起走到了原来的家，进了门。女孩没有去厨房，那里有狗狗没有动过的喝水用的碗和它睡觉时垫在身子底下的旧毛巾。屋子里很冷，他们来到楼上曾经住过的房间——女孩想起她从前是如何将她的床想象成茫茫夜海上的一艘小船。他们如同当年一样，在这房间里睡下了。

几个月前，我做了一个梦，梦见自己在一辆高速行驶的列车上，车厢狭长逼仄、炎热难耐，不知过了多久，背包紧紧压在我的胸口，这时一个声音咆哮着命令道：不要说话，不要提问，不要有任何期待。我和上百个不认识的人像沙丁鱼似的挤在一起，恐惧在车厢顶部凝结成一层汗液，车厢摇摆颠簸，似乎我们不是在穿越平滑的通道飞到某处佳境，而是在遍地砂石的路上猛冲，之后——之后？会面临什么？谁知道呢？

醒来时，我想，谢天谢地这幸好是个梦。过了一会儿，我又萌生了一个念头，莫非我与死亡打了个照面？

这种感觉萦绕在我的心头，挥之不去。又过了几个月，我仍无法将之摆脱。

　　我给母亲打了个电话，对她说请安慰安慰我，我不想再被这件事影响。母亲说："死亡是很美妙的，我知道的，你不要担心。"我说："你是如何知道的？你不知道。"她说："我就是知道。"

凌晨 3:00：

货运列车长长的拖尾将黑夜划出了一道口子。似乎有什么东西被撕破了（"破晓"这个词是多么贴切），直到夜色再次降临它才会愈合。随后，会有越来越多货运列车经过，大约四点空中飞过第一趟航班，五点或五点半车流开始出现，于是我们这个过度活跃的小星球将再次焕发生机。三点，已经萌生出第一缕悸动。其实，对于足够清醒、对此有所觉察的人来说，夜晚至多不过一个小时——大约是两点至三点的这段时间，在旧日将尽、新日苏醒之间会出现短暂的沉寂。

我起床了。对于这一点，目前的观点还存在争议。有些睡眠指导建议认为，如果在二十分钟内你没有睡着，你就应该起来，这样你就不会将床与失眠联系起来。还有的观点认为，你应该若无其事地继续躺在床上，这样你就不会给身体传达出一条信号——在夜里醒着是很正常的事，你应该做的是待在床上，顺其自然。

我本身到了夜里就没什么精神，又坚持认为自己是个睡眠质量很好的人，因此我更倾向于后者的建议。不过，今晚我却起来了。心里有些焦躁，我去泡了一杯茶。当然，没有什么睡眠指南会建议凌晨三点钟喝点含咖啡因的饮料，但是我曾经这么干过一次，而且喝完后直接就睡着了，因此我会时不时地再试试，心想说不定又会奏效了，然而每次都事与愿违。

这时我想起了菲利普·拉金的一句诗。我不是在读拉金的原作时看到的这句诗，而是从我近日阅读的一本关于诗歌的书中发现的——这句诗说的是有千万重花瓣的花朵。我穿着内衣坐在沙发上，喝着茶，我又做了一件睡眠指南不会提倡的事——上网。我找到了这首诗，其中拉金提到了死亡的遗忘。"这只是遗忘"，他写道：

以前我们拥有过它，但接着它就开始终结，

并始终融入一种独特的努力中，

催开那朵此在的

千万重花瓣的花。[①]

　　这句诗就像是远方传来的钟声，预示着你先前认为的茫茫沙漠或是深渊之处尚有人烟。突然间，我不再觉得孤独，而是感到有些兴奋，一切都是那样温和友善，充满着回声与共鸣。我又想起了杰克·安德伍德[②]的一句诗，描述的是怀抱着新生儿时心中的喜悦，"我感觉袜子穿到了脚上"，他如此写道。读到这句诗，我感觉自己的脚上也穿上了袜子，虽然我其实光着脚。诗歌可以通过遣词造句来转动这个世界，这种旋转的力道很微小，不足以在公众中掀起轩然大波，但足够使一个孤独的个体稍稍偏离既定的轴线，从此开启崭新的旅程。此刻，正是这句"那朵此在的

---

① 译文选自《高窗：菲利普·拉金诗集》，舒丹丹译，上海人民出版社，2015 年版。
② 杰克·安德伍德（Jack Underwood），英国诗人、作家、评论家，诗集《幸福》（*Happiness*）曾获毛姆奖，目前在伦敦大学金史密斯学院教授创意写作。

千万重花瓣的花"触动了我的心轴。多年来，我努力研习佛教、印度教、基督教的教义，企图让自我臻于化境、抵达某个终点，而拉金的这句话仿佛一剂类固醇直接注射到了我的血管里。我飞速越过了从前那个苦苦求索的自我，终于抵达了渴望的终点，当然，终点是不存在的，每个终点又是新的起点。我的人生，整个人生，呈现眼前，就像一连串讲述着成长的加速镜头。它似乎永远不会停下，这就是生命的把戏——它看上去是如此丰富，即使当我们看着它慢慢死去时，它还在我们耳边呢喃着说不尽的甜言蜜语。

三点半左右，我又回到床上。一晚上思绪飘了这么远，内心有了些许平静，想必这是入睡的好兆头。我身上也挺冷的。上床后舒舒服服地躺下，那片刻的幸福感会让我想起从前，想起自己从前很喜欢睡觉。我的生活，是如此错综复杂、反复无常又无比琐碎，然而它并不比那朵此在的千万重花瓣的花朵更复杂，或是更简单。我是活着的，我想到，仿佛我刚刚发现了一个惊人的事实。此刻，我可以感受到我的生活正在继续。

视线转向我的母亲。她一边做着家务，一边唱着《心灵的风车》①，擦拭着她的银质大烛台和配套的银质高脚杯。小小的我在一旁听着。

> 圆圆的，像螺旋中的旋涡，像车轮中的轮毂，既永不停歇，又静止不动，在飞驰旋转的轮盘中。

一个个词在我的脑海里荡起一圈圈涟漪，虽然我不懂它们连成句子所表达的含义，但是跟着一遍遍

---

① 《心灵的风车》（*The Windmills of Your Mind*）是法国配乐大师米歇尔·勒格朗作曲、阿兰·伯格曼和玛丽莲·伯格曼作词的一首歌曲，1968 年作为电影《龙凤斗智》（*The Thomas Crown Affair*）的插曲出现，获得了奥斯卡金像奖最佳原创歌曲奖。

重复的歌词和旋律走，像是在爬一条盘山小路。这时客厅开始变得有点奇怪。我将木质马车的车斗里装满大理石，整理好陶瓷夏尔马（就是80年代家家户户都有的装饰性马车摆件）的笼头，然后"嘚嘚"地拉着它走。赶集去！我的眼前随机浮现出一幅幅画面，背景中回荡着妈妈的歌声：水流打着漩儿涌入下水道；睡觉时间；柳树；我们走进的那片小森林。你像沿着一条隧道进入了隧道中的隧道。那首歌的旋律一直来回盘旋，就像钟摆似的摆来摆去，摆来摆去。瓷马从我家的淡绿色地毯上缓缓跑过。

我想到了一个句子：

　　有一天，我想写一个故事，这个故事讲述了一个男人在抢劫取款机时丢失了自己的婚戒，他不得不再回去找，因为他妻子是个非常可怕的人，是她对物质的需求逼着他走上了犯罪的道路，若是婚戒丢了，毫无疑问她会杀了他。

　　这个句子中包含着多个从句，一个句子藏在另一个句子中，像是俄罗斯套娃。若将每一个套娃拿出来，排成一排，将会是：

　　有一天，我想写一个故事。

这个故事是关于一个男人。

男人抢劫了取款机。

男人丢失了他的婚戒。

男人又回到取款机处寻找自己的婚戒。

男人有妻子。

妻子非常可怕。

妻子有太多的物质需求。

男人被他的妻子逼着走上了犯罪的道路。

婚戒一定不能丢。

妻子会杀了这个男人。

我们倾向于采用一个句子带有多个从句这种方式来表达，而不是拆分成多个单句。诺姆·乔姆斯基称这些从句是"递归"（recursion）的实例，他认为这是界定人类语言的关键因素。这些从句反映出了人类所具有的特殊能力，即将一个想法置于另一个想法之中，从眼前的转到抽象的，还可以无限地转到任意地点和时间。螺旋中的旋涡，车轮中的轮毂，沿着一条隧道进入了隧道中的隧道。理论上，一个无限长的递归句子是可能存在的，乔姆斯基如是说；大脑将一个想法嵌套进另一个想法的能力是无穷的。我们的语言是递归性的，因为我们的思想也是递归性的，恰似一座永不停歇地旋转着的风车。

但是，后来出现的一些对生活在巴西亚马孙州的皮拉罕人的研究表明，皮拉罕人是不会使用递归语句的。他们的语言使他们不可能造出类似我上文提到的长句，甚至连"下雨时我会避雨"这种句子都无法实现。皮拉罕人会这样说："下雨了。我去避雨。"他们不会想法中套着想法，也不会在一个句子中从某时某地转移到他时他地。

> 下雨时，除非我去避雨，否则我会淋湿。
>
> 除非我想淋湿，否则下雨时我得去避雨。
>
> 下雨时我之所以全身干燥，是因为我去避雨了。

皮拉罕人的语言中没有这样的句子——他们不会焦虑地作出一个又一个假设。他们会说："下雨了。

我去避雨。"或是:"我去避雨。我没有被淋湿。"又或是:"我去避雨。我身上很干燥。"

皮拉罕人似乎没有抽象能力,而是极端的具象、缺乏想象力。于是,当通过一款电脑游戏学习语法规则时(游戏的原理是当屏幕上生成某种句子时,他们需要根据句子预测这只猴子的走向),他们屡屡受挫,几乎每次判断都失误,因为他们没有能力将这只猴子看作真实的,也就不关心猴子接下来的行为。他们被图标或是屏幕上各种颜色所吸引,分散了注意力,其中有一人在测试的过程中还睡着了。丹尼尔·埃弗里特[1]是唯一一位近乎了解和理解皮拉罕人的语言和文化的西方人,他曾多次断言"皮拉罕人不做没做过的事"。他们不讲故事,不进行艺术创作,也不存在任何超自然、超验的信仰。无论是他们的个人记忆还是集体记忆,时间跨度都不会超过一两代人。他们没有固定的词语来形容颜色,也没有数字。

但是,皮拉罕人聪明机敏、勤劳能干且风趣幽

---

[1] 丹尼尔·埃弗里特(Daniel Everett, 1951—),美国语言学家、人类学家,代表作有《语言:文化工具》《别睡,这里有蛇》等。

默，他们主要生活在丛林之中，是仅存的没有对现代世界做出丝毫让步的部落之一。杀死一只老鼠接着吸食鼠脑就能成为他们的一顿饭，地上竖四根柱子绑上几片棕榈叶或是一块兽皮就是他们的房子。他们没有财产。皮拉罕人的语言除了用说话来表达，还有吹口哨、唱歌或是轻哼等方式。他们对当时当下的体验似乎是绝对的。"皮拉罕人看见一艘小船驶过河湾时的兴奋之情真是难以形容，"埃弗里特写道，"对他们来说，这仿佛是进入了另一重空间。"①

"*xibipiio*"是个皮拉罕语词，埃弗里特经常听到但却无法推断其含义。它有时是个名词，有时又是个动词，还有时被用作形容词或副词。因此，可以说"xibipiio 去上游了"，"xibipiio 回来了"；也可以说"火焰很 xibipiio-ing"。久而久之，埃弗里特意识到这个词是用来指定一种概念，类似于描述"进入和离开经验"——"跨越经验和非经验的边界"。任何不在当

---

① 此处及所有引述的埃弗里特的话均出自他的论文《皮拉罕人语法和认知的文化限制》(*Cultural Constraints on Grammar and Cognition in Pirahã*)。若是你对皮拉罕人感兴趣，这篇文章及他的其他作品都很值得一读，他对于皮拉罕部落的文化及语言的阐述比我写的要精彩得多。——原注

时当下的东西都会在经验中消失，即"它 xibipiio 了"，当它再次出现在当时当下时，它便会再次回到经验之中。因此，皮拉罕语中不存在"那里"或"那时"，而只是事物"xibipiio-ing"，进入或离开此时此地。

皮拉罕语中没有过去时态和将来时态，只有两种象征时态的词素：远指的事物（非当时当下的）带有后缀 a，近指的事物（当时当下的）带有后缀 i。这些词素不是用来形容时间，而是用来表达所谈及的事物是不是说话者的直接经验。几乎每一种语言都是用"过去—现在—将来"这一连续的模式来展现经验，而皮拉罕语却并非如此。在英语中，我们可以依照这一模式将事件精确地进行划分：it had rained（在过去某一时间点前下过雨），it rained（过去下过雨），it has rained（从过去到现在一直在下雨），it rains（现在下雨了），it is raining（现在正下着雨），it will rain（将会下雨），it will have rained（到将来某时已经下着雨了）。而皮拉罕人只会说雨是不是近指（当下）的事物。

皮拉罕人会通过修饰动词的方式使之符合他们

想要表达的意思。若是想说"夜里下雨了"，他们会在"下雨"这个动词上增加一个词缀（总共有三个类似的词缀），来表达他们是如何知道下雨这一事件的，即他们是听说的（谁告诉他们的）、推测的（早晨看见地上湿湿的），还是他们自己看见或是听见下雨的。皮拉罕人的语言和文化不仅是完全如实、不涉及想象的，而且是基于证据的。你是如何知道某件事发生的？若是某件事的信息来源路径太长，涉及太多经验之外的步骤，他们便认为这件事毫无重要意义可言，不值得去讨论和思考。这就是为什么皮拉罕人没有超验的信仰，也没有可以向上追溯几代人的集体记忆、故事和神话传说。

这是多么了不起的一件事，能如此坚定地执着于当时当下。多么伟大！而我们，我自己，却混沌地分布在时间线上，游来荡去。我可以瞬间穿越三十七年，回到六岁的时候，听着妈妈一边唱着歌，一边擦拭她珍爱的银质烛台，这些物件能让她想起她不曾拥有过的生活。我可以瞬间踏入另一重可能性的人生，成为那个做了不同决定、更好决定的自己。我可以将整个人生寄托在"如果"这个难以捉摸的词上，我的人生便是何时、直到、昨日、明天、一分钟前、次年、然后、再次、永远和永不。

在英语中，时间遍及各个角落，最常用的词汇中大约有10%是用来表达时间的。而皮拉罕语中几乎没有多少描述时间的词，总共就只有这些：另一天、现在、已经、白天、晚上、枯水期、丰水期、满月、日间、正午、日落、日出、清晨、日出前。他们用来表达这些时间的词汇从字面上即可看出是描述性的——白天是"有太阳时"，正午是"太阳很大时"，夜晚是"在篝火旁时"。

于是，是否存在某些时间片段或是时间变化是皮拉罕人无法体验的呢？既然他们只会说"另一天"，那么"昨天"和"一年前"这两者在他们的经验中难道是没有差异的吗？若某一事物在某种语言中不存在，那么这一事物在使用这种语言的人的头脑中是否也不存在呢？

当我试着向日本学生讲授完成时态时，这个问题徘徊在我的心头；日语中是没有完成时态的。我讲到"*I have eaten*"（我已经吃过了）这个句子时，他们一脸茫然，困惑不解。为什么不直接说"*I ate*"（我吃了）？明明可以直接说"*I went to Europe*"（我去欧洲了），为什么要说"*I have been to Europe*"（我曾经去过欧洲）？我努力向他们解释："*I ate*"是过去某一时刻发生的，你需要具体说明，例如是今天早上还是昨天一整天；"*I have eaten*"是刚刚发生的，我现在还很饱。他们依旧是一脸茫然，困惑不解。在完成时态中，时间段落是开放的，过去并非与现在彻底割裂，而是延伸着与现在衔接在一起：我已经吃过了；我跳了一整夜的舞；已经一年了。日本人难道不曾体验过这样的时间片段吗？还是说他们会用其他的语言方式来实现，例如通过推测或是根据语境来判断？

皮拉罕人这种存在的方式，埃弗里特称之为"活在当时当下"。活在当时当下，你就不需要语言的递归，因为你不存在概念上的需求，要将想法或是状态根据时间顺序、因果关系、假设结果连接在一起。若是你只活在当下，你便不需要过去时，也不需要将来时。时间从遥远的过去延续到遥远的未来，你不需要庞大的词汇量来界定事件处在时间水平连续体的具体位置，这一时间连续体也有巨大的弹性，可以延伸至垂直面上的虚拟时间，与空间交叉的时间，他处的、真实的或是幻想中的时间。

对于皮拉罕人而言，情况又是怎样的呢？不曾经历过这样的时间连续体又会是什么感觉？人的思想不再是无限递归的轮中之轮？哪怕是想象一下这样的生活方式，都会感到些许放松和解脱，不过这也近乎是种非人类的体验。然而这就是皮拉罕人的生活方式，他们也是再正常不过的人类。我实在无法想象。我想不出整个人除了彻底被时间吞没，每个细胞都在嘀嗒作响，还有什么别的可能。

对我而言，时间从来都是鲜活而怪诞的；甚至在我孩提时听着妈妈唱《心灵的风车》时，我就知道有些奇怪的事情正在发生。我忙着把大理石从马车上搬上搬下，我能感到双手温热起来，似乎它们膨胀到了十倍大。我知道这首歌传达着某种难以捉摸又十分亲密的东西。我们的思想迷失在空间和时间之中，抑或不曾迷失，我也不太清楚。也许当你在虫洞和黑洞中走得足够远，开启了足够多崭新的现实时，将不存在迷失的问题。只有当你困在黑洞和虫洞中时，你才会感到迷失。

有时，时间对我而言像是某种具有黏滞性的媒介，像水、像油，或是像泥巴，具体是什么取决于它如何影响我。穿行其中，我能感受到阻力或大或小、前行或难或易，并且随着我年龄的增长，我意识到阻滞越来越多，越来越不似从前那般顺滑。我看着它重塑了我的容颜和身体，改变其形状——年轻时柔和的线条变得粗粝而苍老，年轻时粗粝的线条变得柔和而苍老。我看着它拆散了我所爱之人。它就像一堵墙，当我无比迫切地希望某事发生、已经受够了等待时，我就会撞到它。这时我看向时钟，秒针似乎每走一步都要颤抖好久，徘徊不前。而其他时候，它在表盘上飞快而平稳地行进，好似乘着顺风。

有时候时间很充裕，多的是，躺在单人床上、盖着巨大的羽绒被时，我能抓起大把大把；有时又像是在光秃秃的土地上四处扒拉，刨出的东西少到什么都做不成，做不了。它是黑暗。我的生命在其中呈现出各种形状，来来去去。它是一匹我必须套住的马。然而我却成了马，已被它牢牢套住。

圣奥古斯丁发问道："时间是什么，是一堆虚无？将'不再'和'尚未'分隔开来的是正在消逝的当下。"而正在消逝的当下是否就是皮拉罕人生活之所？许多个夜晚我都在思考这个问题。我试着想象一种不存在叙述的生活，在夜里想象会变得容易些，因为黑夜本身就是没有叙述的——时间并非像一条潺潺流动的小溪，而更像是浅浅的池塘里来回晃动的水，突然间池塘枯竭，便是清晨降临了。皮拉罕人当真生活在正在消逝的当下吗？

就道理而言，我不知道圣奥古斯丁的观点是否正确。过去本身或许是"不再"了，未来本身也"尚未"来到，但是我关于过去的思想和感受是当时当下的，例如当我躺着睡不着时，我会想起自己儿时的床就像一条小船，或是回忆起妈妈唱歌时的样子；我关于未来的思想和感受也是当时当下的，例如当我想象着以后的日子将会一如这样彻夜难眠，我会越发忧心忡忡、疑虑和揣测未来。此刻过去正活在我的心里，那么它就不是"不再"，同理未来也不是"尚未"。两者都是此刻，是的，它们在我的想象之中，但是通过想象，它们以物质实体的形式出现，在我的神经通路中，在我的情绪中，它们的味道和强度影响着我心脏跃动的频率和呼吸的节奏。无眠而清醒地躺在这里，面对未来数年仍会如此的事实，我握紧了拳头保护自己，指甲嵌入手掌，刻出了一排小月牙儿。这些小月牙儿不是"尚未"，而是当下的，是我对未来的恐惧真真切切地将它们带到了这里。未来就是现在。

现在的不断消逝，同时也是现在的不断出生。鲜活的新生，诞生于即刻活生生的现在，没有死亡，也没有中断。在我眼中，现在是所有事物中最博大、最可预知也是最坚韧持久的，因此，那个问题不是"时间是什么，是一堆虚无吗"，而是"时间是什么，是坚不可摧之物吗"，是一堵无法逾越的现在之墙。当我想起皮拉罕人时，我脑海中浮现的画面不是他们抵达即将崩塌的边缘，每走一步都会有一种质疑存在的眩晕感；而是他们钓鱼、剥兽皮、喝酒、往脸上涂抹油彩、搭建棚屋的场景。下雨了。我们身上很干燥。他们的当下于我而言就像砖块一样坚固——下雨了——再垒上另一块砖——我们身上很干燥。

像皮拉罕人那样生活和思考会是什么感觉呢？世界在持续不断地"xibipiio-ing"？事件不会在时间线上疯狂延伸，不会环环相扣，一件扯着一件，某事引起某事，或是某事发生是由某事害的，过去的痛苦嵌入现在的痛苦又将导致未来的痛苦；这一切都不存在。没有什么事情可以跨越经验的界限进入非经验领域。事物只会在河湾处消失踪影而后复又现身。

多年以前，我在二十出头的年纪曾生过一场病——肾脏感染，让我十分痛苦。那种疼痛折磨得我几乎产生幻觉，就在这时，我突然想到这是老天赐予我的一种方式，使我得以了解我的狗狗当年遭受的同样的痛苦，抑或这是对它所受痛苦的一种补偿。我感觉自己的肾脏就像橄榄球那么大，知觉被疼痛扭曲着、盘踞着。那种疼痛灼热有力、无休无止，令我几乎动弹不得。就这样，一天晚上，我躺在客厅里临时打的地铺上，感觉自己快要死了。突然间，所有的病痛全部消失了，我的身体紧实而又轻盈，好似吸满空气的肺，我移动手臂，想看看自己的手，却发现它已经进入了彻底静止的状态。我是死了吗，我疑惑道，我死了？我不知道。我只是感到好奇，并无半点恐惧。

我盯着屏幕上的时钟，看着它在动，我思忖着其中的意味。它或许是在来世移动，上面的数字变成了单纯的数字，已经与我毫无关系。它们不再是朝着一个方向奋力前进，而是成了事物平缓的变化或重新排列，就像云彩那般聚散变幻，而它们正在无边无际的寂静中变幻。它们在 xibipiio-ing。它们的存在方式将只会是：我在这儿。然后：我在这儿。再然后：我在这儿。

这与皮拉罕人对时间的体验是不是相似的呢？是不是我们还是懵懂少年时，在 T. S. 艾略特的《四个四重奏》中读到的"舞蹈"的所在之处？"在静止点上，那里正在舞蹈。"我盯着数字时钟的那个无痛之夜，是我曾经历过的最平静的时光，虽然我觉得自己已经死了，但是那舞蹈却极其活泼热烈。我想我所感受到的这种生机勃勃的活力，也许是突如其来的寂静的余响。其实，我已经死了的感觉是从我正活着的新意识中生发出来的——这种意识不是通常意义上我们选择做这件事或是那件事的意识，也不是能够感受到肾脏疼得厉害或是觉得困倦或燥热的意识，而是意识到在这所有的一切之外有什么东西是鲜活的，而那个活生生的东西就是我自己。现在，再也没有疼痛、倦意或是燥热能够遮掩它，我可以直接感知到它，此时此刻我既清楚它的存在，又清楚它不存在的可能性。生存和死亡正处在一个球体的连续的表面。

那天晚上，我一连几个小时盯着数字时钟，看着每一分钟是那样真切可信，它每走一步都在预料之中，就这样持续平稳地匀速更迭，我才终于对自己的死亡产生了怀疑。看着屏幕上的两组时间齐头并进——分钟数字逐渐累积而后归零，好似海浪波动起伏，小时数字在一个接一个地稳定叠加，在这种持续而无声的双重推进下，我的寂静仿佛一座被围困的堡垒，正在被蚕食。

在逐渐蚕食中，疼痛慢慢袭来，接着是口渴和疲惫。我重新感受到了时间的重量和它无休无止的唠叨。时间用脚尖踢踏、踢踏、踢踏，就这样走了过来。时间将生命与死亡分隔开，缓和了它们之间的拥抱。我们活的是时间，而不是生命；流逝的是时间，而不是生命。时间将死亡推到我们可以看见的地方，然后给它自身有限的保护。时间是滋生恐惧和绝望的温床。

皮拉罕人会失眠吗？他们是否会焦虑不安，又是否会在地上来回踱步？此刻我意识到，刚刚过去的是充满绝望与愤怒的黑夜。那是星期二的晚上，而现在已经是星期三的早晨了。星期二变成了星期三，中间不曾有片刻的睡眠将二者分开。我如何能挺过这样40个小时的日子？这日日夜夜的每一分每一秒，时间让我彻底屈服了；我认输了，我对着黑暗、对着黎明的晨光说，我认输了。

我彻夜未眠，而此刻已经是早上了。我说道。心中的恐慌逐渐累积，一个悲惨的故事即将展开。我彻夜未眠，长夜漫漫，此刻已是清晨。昨天是星期二，我一夜没睡，现在已经是星期三。

现在是晚上。我没有睡觉。现在是早上。皮拉罕人会这样说。他们是不可能使用语言递归的，对他

93

们而言，过去已从经验中闪出，彻底消失了。

现在是星期二。他们也许会这样说，简单如实地表达，没有任何递归的介入，也没有时间之风来转动他们心灵的风车。现在是星期二。我没有睡觉。现在是星期三。

我们打算去威尔士。

我们不会带太多东西，装满一车刚好。正值一月，我们会在海边散步，也许还会下海游泳？带上潜水衣，还有扑克牌、拼字游戏板，说不定想玩呢，装上笔记本电脑、几本书、雨靴、洗衣粉、打火机、日志本、相机和自行车。不带自行车了。自行车。还是带上自行车吧。任谁在威尔士都能睡着。那里天色昏暗，气候寒冷，又没有什么事情可做。我们将在威尔士入眠，为英格兰而眠。

我们会听见溪水潺潺。黎明时分，远远望向我们的车，昨夜摸黑停得有些歪斜，天色尚不足以看见溪流，不过可以听到它的声音，我们看到外面下雨了。我们想生火。火柴，火柴，火柴呢？于是，我们会走路去商店买火柴。生起了火，望着火焰，我们俩就像是人猿泰山和简。我是泰山，你是简。

我们会依照我们定好的食谱来做饭：周一意大利面，周二墨西哥辣肉酱，周三烤土豆，周四又是意大利面，周五咖喱。我们做不了咖喱，因为没有什么香料，我们就用意面酱来代替，于是又是意大利面。周六外食。周日再做一次烤土豆。周一开始继续重复以上菜谱。我们手头有红辣椒粉，每道菜里都会加上些。我们还会榨胡萝卜汁，八个胡萝卜，会榨出来差不多两厘米的量的胡萝卜汁。我们还会用紫甘蓝榨汁，做了一次之后就再也不做了。

我们会在海岸悬崖上漫步，将围巾裹在头上抵御狂风，下方是汹涌咆哮的大海，我们就这样走了几个小时。我们会看见海豹，不，是海獭。那是不是一只海獭？是海獭！会见到有人在海湾里游泳，然后我们会假装因没有带自己的潜水服而遗憾。在我们看来，挂在屋子里的潜水服就像新年立下的决心。我们会看见苍鹭，也会因没带面包而让一只天鹅失望。我们会后悔没有带些吃的，不单是为自己，也为了天鹅。我们从不带吃的，为什么从来不带呢？某天，我们会去买一个合适的保温壶，还会买北欧健走杖和绑腿，以及一只拉布拉多犬。总有一天，我们会住在海边。

我们会看雨，听雨声，看着雨水渐渐将田野变成湖泊。我们全身湿透，脚上沾了牛粪。我们会看见湍急的溪流漫过桥梁。我们会开两小时的车去看一座我们永远都不会买的房子，并且在离房子还有半英里的地方，不得不掉头返回，因为路被淹了。我们会说，这房子我们是不会买的，这里会被淹。

黄昏前，我们会开车进入一处自然保护区，那里号称有美丽的椋鸟。在昏暗严寒的仲冬时节，我们会在那里等上两个小时，终于看到了一只蓝山雀和两只啄木鸟。之后，夜幕降临，我们要回家了。不是真正的家，只是这么叫。

我们会工作，消失在各自屏幕中的世界里，也会起身去给火添点柴，将暖气打开，感觉不太舒服了又把它关掉，听见潮湿的木头在火上发出咝咝声，于是还是打开了暖气。我们出门去商店买了些不太新鲜的面包，又买了一些火柴。在火上扔上一份《卫报》，让火燃得更旺些。我们会细细查看院子里掀翻的小船，某人供奉神明的神坛。贝壳、石头、塑料人偶、一段绳子，还有香炉。我们会为一只鸟儿争论不休。那是一只红腹灰雀。不是，是苍头燕雀。是红腹灰雀。红腹灰雀的颜色要更粉一些。这是只雌鸟。它是只苍头燕雀。是红腹灰雀。苍头燕雀。你被迷惑了。随便啦。我们不用说话就能玩 21 点。你赢了，你赢了，你赢了，我赢了，你赢了。

我们会去睡觉，可以任选房间。今晚睡这间，明晚睡那间。我们躺在一片漆黑之中，会说，这黑暗是多么纯粹啊。是的，非常纯粹。往常这时会从我们家卧室旁经过的 3 路公交车，此刻也丝毫不会令我们分神。我们也不会去想那些航班、火车的噪声和邻居家烧水壶的嗡嗡声。

我们会思考为什么风的呼啸和雨落的声音会让人觉得安静。有时夜里我们也会睡得不好，凌晨三四点钟醒来与恶魔搏斗。我会说，没来由的，我突然梦到了我那见鬼的父亲。梦见他杀了我的狗。他把我的母亲赶走了，还杀了我的狗。之后，我们将守候着漆黑和寂静将心中的怒气吞没。而每每这时，心头又总是会生出原谅宽恕之意，原谅我的父亲，释怀过去，因为与生活达成和解要比细数人生的损失更容易一些。我们会看向窗外美丽而绵绵无尽的雨，闻着打磨过的木材散发的幽香，感受黎明时无边无际的昏暗，静听溪流奔腾跳跃的声音。我们会想，为什么这里比家里更像家。为什么在这里躺着不睡的时候会想起儿时的记忆，为什么在这里躺着不睡感觉也是好的。为什么在这里会睡得那样深沉，一夜无梦。

我们会把行李装上车，将各种物品硬塞在自行车周围，自行车带来后其实一动也没动过。至于潜水服，我们会说下次再穿吧。我们会一大早离开，趁着天色未明，知更鸟、红腹灰雀和其他动物还未醒来。我们会开很远的路，再看一次大海；我们会想，海到底是什么。之后，我们会赶路回家，以最快的速度避开早高峰；我们会打开音乐，轻轻地跟着唱。车里仅有的音乐是 20 世纪 90 年代唱片时代的音乐，听着这些老掉牙的歌曲我们会假装有些鄙夷。我们会暗自欺骗自己，感觉我们又回到了过去，回到了或近或远的种种过去。我们会看着雨刮器噼噼啪啪地划开雨水。永不停歇的雨啊，我们会唱，永不停歇的雨。

————

关于爱情及其衍生出的任务：誓言、信任和婚戒，许多个陪伴着孩子的无眠之夜，多年来的忠贞奉献，你已经尽己所能。此时此刻，他突然开始思考。不知为何，他想到了一座座小山丘，并非巍峨的高山，而是和缓的小山坡，想到了电闪雷鸣的暴风雨，想到了大卫·鲍伊站在柏林的舞台上，头发随风飘扬，想到节目《文艺复兴时期费拉拉的女性》，想到了一声鼓点，想到了一张张二十元的钞票从收款机里喷涌出来，想到了海边的母亲，想到了詹姆斯那无法拒绝的微笑，而此刻詹姆斯就在他面前，望着他。他感到仿佛有什么东西穿过了他，好似一阵风吹开了无数扇门。就是这种感觉。他的心门一扇一扇全被吹开了。

/

七月初的一个星期二，上午刚过十点，天光大亮。过马路前，他先等了等绿灯。往日他都会径直穿过车流，双手插兜，目视前方，但此刻他却是个老实本分、遵纪守法的公民——不是看起来像，而是的的确确是。

不管怎样，这为他争取到了一些时间。他是那种很容易紧张得呕吐的人。上次有这种感觉还是在他十三四岁参加巴松四级考试时。是的，巴松。学这项乐器并不是他的主意，而是他强势的音乐老师一意孤行，说是为了让他有个好的前程——人人都希望成为钢琴家、小提琴家或是大提琴家，但是很少有人希望成为巴松演奏家。她说，这样就能有更多的机会进入交响乐团；试想一下一个从这里出身的男孩子进入了交响乐团！然而，四级考试他考了两次都没有通过，第三次终于刚刚通过，他却从此放弃了这项乐器。

此刻，他又产生了这种恶心的感觉；不单是因为紧张，还有一种需要扮演一个不属于他的角色、一个并非真实自己的感觉。不过，这在某种程度上降低了做这件事的难度。他可以说服自己这不是他干的。

商场里熙熙攘攘，这也正是他们所希望的。他的右上方有一个监控摄像头，监视着出口；多年来他一直观察着监控屏幕，知道了这个摄像头的正下方有一个盲区，于是他盯上了这里，这片最狭窄的区域。他一眼就看到了那台取款机，就在左边，就好像它是这里最巨大、最鲜艳夺目的东西——仿佛这里就只有它。取款机前正有人在使用。他径直排在了队伍后面，目光并没有四下扫视寻找同伙。他清楚他们就在这儿：穆尔、伦尼和詹姆斯的朋友保罗——他们会从来来往往的人群中现身，他们会现身的。他很清楚这一点。

取款机一直被一个女人占着，时间漫长得好似过了几年。机器吐出了她的一张卡，她又插入另一张卡，她在屏幕显示的余额上点来点去，为该取出多少钱而犹豫不决。他不是有意要看这一幕，而是不知道还有什么地方可以分散自己的注意力。这台取款机没有摄像头监控，并且已经十分老旧，这也是他们选中它的一个原因。他感觉到其他三个人进入了队伍、排在他身后，他能够感知到他们。他们同时出现，于是变成了四个人在排队，这足以让人们转而去十米外的取款机。

　　终于，她用完了。她将自己的卡和现金塞进一个已经装得满满当当的手提包里，拉链敞开着，这是邀请见财起意者上门呢，他想道。他想提醒她将拉链拉好，正常情况下他是会这么做的。他喜欢听人们对他说"你总是为每个人着想"。等她一离开，他便走上前去假装从钱包里找卡。在他身后，伦尼这时会给詹姆斯打个电话，拨通号码然后挂机。接着，詹姆斯会在电脑上一通操作，将事情搞定。因此，接下来就只是等待的问题了，他假装按了按取款机上的按键，装出一副愁眉苦脸的样子。

　　差不多过了一分钟，他听见身后的队伍中传来一个声音，是穆尔的声音。"兄弟，快点儿。"他转过身去。"不好意思，我的卡有点问题。"他说道，看见穆尔在，其他两个人也在，仅仅是飞快地瞥了他们一眼，顿时就觉得松了口气。"同志情谊"，他想到了这个词，接着又奇怪这个词究竟是从哪里冒出来的。这时有个女人本想排在队尾，见状也气呼呼地走开了。

　　取款机开始发出嗡嗡声，挡板打开，东西就要出来了。先是喷出一张张二十元的钞票，速度快得令人眼花缭乱。他确实感到眼花缭乱，只看见眼前一片模糊的紫色。取款机疯狂地将体内的所有倾泻给他。他将手指伸进取款口，待纸币积成一小沓，便用手指夹住在手掌上卷成卷（动作十分娴熟，他事先练习过了），接着将这第一笔钱放进他夹克的内口袋——整套动作行云流水，就是这样。不争不抢，不慌不忙，从容淡定得就像什么都没有发生。三沓，四沓，五沓，从划开的口袋直接落入夹克的内衬，那里面可有的是空间，能装得很。随后出来的是十元钞票，说明这台机器里的二十元钞票已经被榨干了。

他怔怔地盯着眼前的一切，心中的恐惧消失了，也不知道自己此刻身在何处。时间仿佛既静止又在飞速前进，他在那里似乎过了数秒，又像过了数小时、数月、数年。他可以永远站在这儿，看着一张张钞票落入他的指尖。这种感觉真是美妙，美妙而完美，就像是祈祷的愿望成真，让人心满意足。这不是一种对钱的满足，而是感觉一切都顺眼和美好，世间没有什么东西会伤害他。

这时，取款机停了下来，钱也不再向外喷涌，他将最后一沓战利品装进口袋。是这台机器已经空了，还是詹姆斯让它停下来的？不管怎样，事成了。突然间，他感到双腿在身下化成了一摊液体，耳朵也失聪了，世界只剩下白噪声，极度的狂喜让大脑一片空白，紧接着是肾上腺素飙升，心脏在剧烈跳动。他踟蹰了片刻，随后离开了。

———

我能逃过这一劫吗？剑就在头顶悬着。无论做什么都无法让内心平静下来，每天都会生出一个新的威胁：黑夜。每一夜都是一场战斗，大多数时候都失败了，偶有一场胜利，持续的时间也不过一天，然后敌人将再次出现：又一个夜晚。我实在是怕了。我理解了人们为什么会自杀或是精神崩溃，理解了生活的凄凉冷酷。我渴望着再回到孩童时代，渴望去相信，渴望能过上平静无忧、健康快乐的生活。

我不会宽慰你、跟你保证些什么的，你得

105

靠自己，要学会改变自己的想法。

我不会做，也做不到。

你必须得这样做。

夜间思考的一些紧迫的问题：

为什么那么多电视节目的名字中都有"秘密"这个词？狗的秘密生活；五岁孩子的秘密生活；爱尔兰秘史；动物园的秘密生活；不列颠地下的秘密。若是各家都忙着播这样的节目，那么其中也就没有什么该死的"秘密"可言了吧？我不明白，整个BBC和ITV怎么就没有一个人理解"秘密"这个词的含义呢。狗是刻意对我们隐藏起自己的内心世界吗？它是故意让人捉摸不透，实则内心暗暗窃喜？爱尔兰会这样？动物园会这样？

亲爱的BBC，这些都不是秘密，只是一些

我们不一定知道的事情。在贵司做出澄清修正之前，我将暂停续费。

为什么那么多电视节目的名字中都有"不列颠"（Britain）或"不列颠的"（British）？维多利亚时代如何建造不列颠；大不列颠的桥梁；大不列颠家庭烘焙大赛；亚瑟王的不列颠：发掘真相；不列颠警察；石之恋：不列颠雕塑的黄金时代；隐秘的历史：不列颠最古老的家族企业；大不列颠缝纫大赛；不列颠地下的秘密。懂了，我们生活在不列颠，大不列颠，大英帝国。懂了。

为什么英国脱欧叫"不列颠脱欧"（Brexit），明明不是不列颠脱离欧盟而是大不列颠及北爱尔兰联合王国（UK）脱离欧盟？[①]为什么不叫"Ukexit"？永远不要相信称谓不准确的事物，甚至这场骗局的名字

---

① 通常大不列颠（Great Britain）及其简称不列颠（Britain）是一个地理概念，指的是英格兰、苏格兰和威尔士（及其所辖偏远岛屿），而大不列颠及北爱尔兰联合王国（UK）是一个国家概念，即英国，包含英格兰、苏格兰、威尔士及北爱尔兰。

也是骗局，这个名字就是一场狗屁秀，一场无所不能、极尽浮夸、又臭又长的狗屁秀。

我为什么会开始写一个男人去抢劫取款机并且丢了婚戒的故事呢？这个在我阐述语言递归而造句时跃入我的脑海之中的男人。他是从哪里来的——他藏在我颅骨的哪一道缝隙里？抢劫了取款机然后逃之夭夭，这能实现吗？他成功逃脱了吗？他当真会做这样的事吗？这个人畜无害、体面正派的男人，因袭了我爸对大卫·鲍伊的喜爱，就好似我爸的一个老朋友。这不是在刻意增加可信度吗？他甚至连个名字都没有。

这个故事讲得通吗？

为什么房车都叫"珀伽索斯"①"小精灵""独角兽"之类的名字？我从未见过比房车更笨拙的东西，几个又小又细的轮子支撑着一个巨大的立方体，在慢车道上摇摇晃晃地向前，那样子跟空气动力毫不

---

① 珀伽索斯（Pegasus），指希腊神话中生有双翼的飞马，它的足蹄踏过之处会有泉水涌出，诗人饮之可获得灵感。星座"飞马座"亦以此命名。

沾边。这就好比叫超市的手推车"伊卡洛斯①""旅行者""飞燕"似的。

---

① 伊卡洛斯（Icarus），希腊神话中代达罗斯之子，在与代达罗斯使用蜡和羽毛造的双翼逃离克里特岛时，他因飞得太高，双翼上的蜡遭太阳融化，跌落水中丧生。

我继父生前最后一次室外活动是在爱尔兰的海边和海岸森林里散步。那天不是他活在世上的最后一天，却是他最后一次在病房外见到这个世界。他和我的母亲走过白色的沙滩，上面点缀着黑色、橙色和灰色的花岗岩露头；走过海水一涨一落冲刷着的狭长的半岛海岸和入海口；他们从沙滩到沙丘，又从沙丘来到一片森林，森林深处遍布着蕨类、苔藓和根系已经钙化的古树，空气中弥漫着松香。

　　这就是我继父那天所见的景色。他最后一次在室外呼吸到的也是再新鲜不过的空气。当时正值五月末，在爱尔兰的西北角，大地在近乎永昼的日光耀灼下熠熠生辉。他注视着汹涌的大西洋。当天傍晚，回到我祖父母的小屋时，他说觉得自己染上了风寒，可能是流感。我的母亲出去给他买了些解热止疼冲剂，他认为这药可以包治百病，吃了就好了。晚些时候，到了当天夜里，他们打电话叫了救护车。接下来两周的时间里，他连续住进了两家医院的重症监护病房，之后便离开了人世。

我表弟生前最后一天是出门骑车度过的，那个星期六的上午，他骑行了 70 英里。他是独自一人去的，之后再也没有与任何人联系过。在回去后的 24 小时里的某个时刻，他离开了这个世界。警察在周一上午才发现他的尸体，是他的老板出于担心而报的警，因为他没有去上班，而他一向没有缺勤过。

我希望我人生中的最后一天能够做些自由的事——在海边漫步，进行一场远距离骑行，或是做些我喜欢的事。我希望对我的继父和表弟来说，那次散步和骑行洋溢着欢喜，令人愉悦。他们不知道这是他们此生最后一次做这件事了。若是事先知道，他们是会更加好好地享受，还是无法乐在其中呢？到头来所有的事情都有最后一次。在我们察觉之前，想必一定有许多事情已经是我们最后一次经历了。

最后一次的行为要有神圣感。那日继父的散步便是如此。于是，我们每次去爱尔兰几乎都会沿着那条路线再走一次。我们望向大海，因为这是他生前见过的最后一片海。我们将他的名字写在沙滩上，每个人的内心都在思考着，终有一天我们也将没有机会再来这里看看。想到这里，心中隐隐掀起了波澜。

倘若事物终结的时刻使其变得神圣，那么每时每刻都该是神圣的，因为每时每刻都可能是最后一刻。人们只是这么想想，却从来不去重视。把每一天当成是人生的最后一天来活，我们会这么想，但却不会这么做。

万事万物都是神圣的。只有当我们死了才会赋予其神圣的意义，但是事物其实自始至终都是神圣的，从来便是如此。

凌晨 4:00：

进入那个温馨的时刻编织出的茧房里，脑海中生出了一个念头并逐渐蔓延开来：不要想。它说道，不要想。

有一个声音在我的脑海之中，也许是我自己的声音，我内心的声音（但也可能不是），正喃喃地念着拉金的诗句。

此在的千万重花瓣的花。

此在的千万重花瓣的花。

仿佛这句诗是可以催眠的咒语，或是站在我的角度而言，这是一桩绝对不会被撕毁的协议——拉金的诗打开了我的内心，赋予我平静，倘若我将我的意愿、耐心和平静交给这个世界，世界应该给予我睡眠。难道不该如此吗？

失眠已经将我变成了一个习惯讨价还价的人。我总是在盘算着下次我可以拿什么跟它交易、能从它那里得到什么，或是什么可以成为交易的筹码。当这些统统不起作用时，它就把我变成了一个乞丐。我发现自己在怀揣着期待恳求它，求它给我我想要的东西，可是它为什么要这么做呢？又如何会这样做呢？失眠如何能给予睡眠？若想获得睡眠，难道最不应该求的不就是失眠吗？

先前尚在的些许平静此刻也消散无踪了。静静地躺着，不要动。总是会有这样一种感觉：若是我安安静静、一动不动，睡眠就会悄悄溜进来。这种想法从何而来？从什么时候开始，似乎睡眠不再是我应有的权利，而是像违禁品那样只能偷偷摸摸地获取？

这时我冒出了一个念头：不要想了。你总是在胡思乱想。

接着又有一个念头："不要想了"本身也是一个

想法。

一会儿又想：认为"不要去想了"是个想法，也是一个想法。

然后开始训斥自己：不要想了。

接着又想：这是一个想法，还是我更高级的心智区域发出的命令？

这时我想：我很清醒。

我翻了个身，想重新开始。我开始生自己的气。拉金去哪儿了？此在的千万重花瓣的花去哪儿了？四点刚过，从布里斯托机场起飞的航班从远处经过，隐隐传来一阵隆隆声。突然间我觉得自己彻底清醒了，身子还在睡，头却嗡嗡地响。

我开了灯，拿起笔记本电脑在谷歌上搜索"我醒了"。我不知道自己期待谷歌能为这件事做些什么。搜索出来的大多数结果都是关于佛教的，而佛教中顿悟的狂喜绝对不可能是由失眠患者设想出来的。于是，我将自己狂乱不定的思想转向了埋藏在我大脑深处的那颗心存报复的小杏仁——杏仁核，这个罪魁祸首，今天我的催眠治疗师粗略地画了一下我那复杂的问题，而杏仁核就在画面的正中间。

有篇文章解释了恐惧和焦虑其实是两种不同的东西，虽然这两者常常被混为一谈，它们分别属于杏仁核的不同区域：恐惧产生于中央杏仁核，这一部分主要负责向身体传递信号，准备作出短期反应——逃跑、僵住、战斗；而焦虑产生于掌管情绪的区域，这个区域主要是影响较长期的行为变化。恐惧是对直接的威胁作出的反应，而焦虑是对感知到的威胁作出的反应——这两者的区别可以用一个例子来说明（通常都是用剑齿虎来举例），前者是你准备逃跑避开此时此刻就在你面前的剑齿虎；后者是你准备逃跑避开你想象中的剑齿虎，你担心万一有一头剑齿虎出现在下一个拐角。恐惧会快速得到解决——你会逃跑、与它搏斗或是被吃掉——焦虑却没有这样的解决办法。你需要时刻警惕以防万一，以防万一。永远都是以防万一。保持警惕会使感知到的威胁看起来更真实，这就需要更加警觉。当威胁消失时，恐惧也就消失了；而焦虑像是在一个有无数面镜子的大厅里，可以无限地自我延续。

有个朋友曾对我说："想象是不仁的。你的攻击者不存在，你也就无法被拯救。"此刻我心中生出了一个困惑。究竟是什么导致了失眠——是恐惧还是焦虑？是焦虑，每个人都这么说。是焦虑，我的催眠治疗师也这么说。安全地躺在床上，心脏却在加速狂跳，仿佛老虎在场。你必须学会认识到：老虎并不存在。

但是，确有一只老虎存在：睡眠不足。睡眠不足不是感知到的威胁，而是真实存在的威胁，就像口渴或是饥饿。因没有睡觉而生出的恐惧导致了心率升高、肌肉紧张；这是恐惧导致的，而不是焦虑。这正是失眠变得棘手的地方，它使恐惧表现得像焦虑一样。恐惧是对外部威胁所作出的反应，而失眠的作用原理几乎是独一无二的，它会先引起恐惧，进而导致外部威胁。对剑齿虎的害怕将剑齿虎召唤回来——并非看似回来，而是真真切切地回来。说什么"别害怕"是没有用的。有只老虎在你的卧室里，你当然会感到害怕。但是，这只老虎是无法用僵住、战斗或是逃跑来战胜的，你用来应对真实威胁的各项机能失效了，于是这引起了更多的恐惧，因此老虎会不断地回来。一个恶性循环就这样诞生了，完整得好似欧几里得的圆。

突然，想吃安眠药的冲动攫住了我，我渴望摆脱胡思乱想、杏仁核和老虎。现在四点多了，吃药已经太迟了，恐惧早已使我的肾上腺素飙升，吃药也不起作用了。而且，我吃过太多药了，据说这些药会引发癌症和痴呆。疲惫渗入我的骨髓，蔓延至每一处神经末梢。我关了灯，又躺了下来，黑暗中我看见自己在一片丛林中被什么东西追赶着，我屡屡跌倒，摔得遍体鳞伤。就这样跑啊，跑啊。我究竟在躲避什么？到底是什么？是死亡，我想，沿着每一条恐惧的路走下去，你会发现尽头都是死亡。非此在的单瓣的花，在我们出生的时刻就在我们的每一颗细胞里绽放。我的心脏不再像夜里刚开始那样怦怦直跳，此刻它在吃力而虚弱地跳着，我胸膛里和腋下的肌肉都变得酸痛。我在逃跑躲避什么？若是我回过头，将会是什么出现在我的眼前？

于是我回过头，与它对峙。面前是个匪夷所思的东西，我不知该用什么语言来形容。它是一种看不见的力量，像磁铁般将我每个细胞里的死亡电荷吸向我体外的力量；仿佛静电似的。我觉得自己无比渺小。这时这股力量显形了，化作天空中的一道红光。随即一个酷似蜘蛛的外星人出现在我眼前，我惊愕地意识到这不就是奈飞（Netflix）电视剧《怪奇物语》①里的大反派吗？在我尽最大努力去理解和反抗时，我的想象力所能创造出来的就是这样一个拙劣而粗糙的恐怖场景：末日之火加外星人入侵。

　　我不禁开始怀疑《怪奇物语》的创作人意在用此剧隐喻失眠——在这个世界的另一边是一个黑暗单调的世界，那里有个怪物在等着你，一个你必须去直面的怪物。此时已经快五点了；我迅速盘算了一下新的一天要处理的任务，想了想哪些是可以取消的。紧张的情绪又冒了出来。那些刚入夜就降临的恶魔到现在都只是在暗中潜伏着，它们正慢慢团结起来。这时我认识到，在我笔下那些怪物看起来似乎是些浮皮潦

---

① 《怪奇物语》（*Stranger Things*），美国奈飞公司制作的一部主打科幻惊悚的美剧。

草的隐喻，但是我确实可以感受到它们就在那儿，它们正在慢慢逼近，只是我知道它们是我心理的写照。它们是一种内部破坏行为，大脑试图将恐惧的结果合理化，并加以控制，所采取的方式就是将恐惧的结果直接呈现出来。它们并不会因此而变得不那么真实，相反它们会变得更加真实。接着，我感受到它们正在逐渐靠近，而我却无力抵挡。

小时候，有段时间我经常发脾气，那种情绪是不请自来的，并且越来越无理取闹，每次都要折腾几个小时。我记得自己坐在上方的楼梯口，陪伴我的只有心中难以言喻的痛苦，我盼望着能有个人过来，让我停下来。

我的问题是我总是希望别人来拯救我。我是个胆小鬼，从来都是。

田纳西州，一个地势陡峭、卵石遍布的公园里，我站在阴凉下，一簇橙色的百合花在巨石上摇曳，活跃的昆虫在炙热的六月天里窸窣作响。

　　我的朋友告诉我说住在她隔壁的一个男人放弃了毕生信仰的佛教，只因经历了一场滑雪事故，这次事故让他产生了他觉得自己不该有的愤怒情绪。他一生都在践行禅道，以平静和慈悲来应对万事。然而滑雪时别人撞上他的那一刻，他心中生出的却是愤怒和埋怨。于是，他放弃做一个佛教徒，改信上帝。

　　我画了一本小册子，名字叫作"为什么佛教徒不该滑雪"。通常而言，佛教徒最好只进行需要温暖条件的运动和娱乐，越是久坐越好。我们最常见到的佛陀都是坐着的，这是有原因的。我们从来没见过佛陀在克服重力爬落基山。

"不过，这到底是为什么呢？"我问道，"为什么他会因为倒了点小霉就放弃一生的信仰？"

"因为他的愤怒，"朋友说道，"因为他感受到的只有愤怒。"

"但是我所遇到的佛教徒没有一个说愤怒是不被允许的。"

"想象一下，你用一生的时间磨炼自己的心智，企盼遇到麻烦时不会做出条件反射，不会产生类似膝跳反射那样的简单反射。你懂吗？就是那种不假思索作出的反应。他就是这样践行的，倾尽毕生努力想让自己内心更真诚之处作出反应。然而，当麻烦来临时，他是怎么做的？他直接就做出了条件反射：愤怒、责备，而非真诚。"

"如果当时他内心最真诚之处作出的反应就是愤怒呢？"

"他希望自己不要这样。"

"为什么？他希望自己不仅仅是一个有着喜怒哀乐的人？"

"是的，没错。他希望自己可以不被人类情感的狭隘渺小所禁锢。"

"因此他改信上帝。"

"因此他改信上帝。"

我与这位朋友聊天时，常常是说不到六分钟就会转向深刻严肃的话题。闲谈不是我们之间交流的风格。我们惊叹了一会儿这个小地方的景色是多么优美，从我们所在的绿草如茵的高地一路向下到低海拔处翁郁的林野。那天天气十分炎热。朋友住在城市高处的山上，一幢幢华美庄严的住宅星罗棋布，精心修剪的草坪、带柱的门廊、露台和五彩斑斓的粉饰墙体重塑了山上的风景。枫树间，红衣凤头鸟闪耀着绚丽的红色。暮色降临，萤火虫犹如燃烧的灰烬飘浮在林间的黑暗中。Xibipiio-ing 越出经验的门槛，从这里消失了。朋友信仰上帝。所有从她生命中消失的东西，都会在上帝那里得到永恒的保藏。每一次她急剧、晕眩地坠落都会有一个着陆点：上帝。每一次她翻天覆地地跳跃，都会有他张开的双臂来迎接。每一次她飞升般的狂喜，身后都有他系的安全绳。她生命中所有平庸乏味的琐事，在他的爱意关怀下，也终将会变得跌宕精彩。我的朋友，现在就站在我的身边，她拥有这一切，此时此刻这一切充盈在她的血管中、骨髓里，在她的心中满溢。

"有一幅佛教壁画，"我说道，"上面是一条巨大的蛇，从火焰中冲出来，吐着分叉的芯子，芯子的末端是一位正在打坐的和尚。这幅画展现的不是一味追求安宁、遁世，不去感知和体验事物。它想表达的是遇到麻烦时，你要有勇气独自坐在那里，不躲避、不拒绝，从蛇的舌尖观察纷争和事端。"

"不过对我来说，上帝也在那里，"我的朋友说道，"这就是区别。"

她说，那位先前是佛教徒的朋友意识到自己厌倦了独自去应对这一切。佛教是孤独的，你孤零零地与自我做斗争，心中的祈愿只有自我消泯的终极目标，此外再别无他想。毁灭自己的存在，你所有的奋斗都是为了这个目的。多年来你努力成为一个更好的自己，得到的唯一回报就是自我的湮灭。

然而，你渐渐领悟到其实帮助就在眼前。你并非孤身一人被遗弃在滑雪道上，身边只有摔坏的滑雪板、折断的肋骨和铭记一生的愤怒，而是发现身边有人相伴，这个人不仅会宽恕你的怒气，指引你从绝望、痛苦、烦恼中走出来，还会护你周全，使你免遭毁灭。无论在蛇的舌尖下，在寒冷的雪坡上，还是在历经病痛时，在艰难抉择时，上帝都与你同在。上帝给你的是生命的绽放，无论是在生前还是死后——一个让你自身变得越来越灿烂繁盛的过程。是一个变得更繁盛的过程，她说道。

我该如何形容这种感觉？每当我躺下睡觉时，就会有一种仿佛从五十层高的楼上坠落的感觉，并且没有人、没有东西能够将我接住。你看，这不是在描述这种感觉，而是在描述别的——从五十层高的楼上摔下来且没有人接住我。绞尽脑汁想出一个我从未经历过的事情用来比喻描述我常常经历的事情，这有什么用呢？我该如何形容我生活中（我所能看到的生活的全部）那种强烈的感觉：一切都是未知的？没有什么本身就是确定的。一切都好似无底的深渊。而我该如何抵达事物的中心呢？

你看，那个高楼的比喻尚且勉强，更别提由此生发出的文字上的坠落了。对于五十层楼的恐惧，大概是害怕撞向地面，然而我真正害怕的是没有地面。我曾听人这样形容自己时刻存在的焦虑，那种感受就像是你向后翘椅子时感觉自己就要摔过去的那一刹那。虽是一刹那，但你却时时刻刻在经历这种感受。这就是某种意义上的"临界点"。它不是关于接下来要发生什么，而是指那一瞬间的眩晕，所有的稳固荡然无存。

站在这座位于佐治亚州和田纳西州交界的坚实的石灰岩山峰上，我无比羡慕我的朋友，虽然我也试图与她争辩。我无法令自己信奉上帝，这并不是因为我追随犬儒主义或是傲慢的唯科学论，而是因为上帝是坚实的，对于信徒来说是一种确定无疑的存在，我本性中无法接受确定性。我的心智只能看到临时性的事物，无法领会颠扑不破的存在。我控制不了。虽然我很想控制自己，但是我做不到。

我们知道，此刻我倚靠着的这张桌子并不是完全的固态，它是由大量无边无际飘浮着的原子所构成的。我们知道，一旦进入事物的原子层面，我们便知之甚少，也不太清楚如何去测量和预测。到达事物最深入的层面，实验科学将变为理论科学，已知的观察和数据抽象为构建阐释模型。理论物理学家既是科学家，又是哲学家；在他们灵活的思维中，最核心的信条就是：我不知道。

我不是刻意想用科普的方式来说明问题。对于事物，我知道些什么呢？除了从暂时性和事从权宜的层面，我未尝看到有任何可靠的证据可以让我相信这世界上的某个事物。的确，在我醒着的每一分每一秒，我都是从暂时性和权宜之计的层面去相信事物，但是与此同时心中怀揣着这个想法：一切都是暂时的、为了当下考虑的，不是绝对的，也不是确定不变的。

一天晚上，我与雕塑社团的朋友们坐在酒吧里，那是一个星期三的晚上。大家按照往常的节奏聊着天，说着我们目前正从事的项目、正在雕刻的模型，吐槽着世界局势，某人兴高采烈地讲述着看过的某个展览是多么精彩，大家在为下一节课该做些什么而争论不休。当时我坐在高凳上，突然感觉这一切都是不真实的。一个念头掠过我的脑海，我与这些人在这家酒吧里的这个场景或许是个梦，或是在另一重空间里我的大脑的某个部分受到刺激而产生的幻觉。我的大脑，我的大脑在某个地方的液体中漂浮着，或是我昏迷的身体正处在某个时空的实验室里，而眼前无比真切的、带给我某种劝慰的酒吧和这些人，其实都是不存在的，没有物质实体。这些人虽看似使我免受寂寞和孤独，然而不过是我脱离了肉体的大脑产生的神经突触意识，这实则是我孤独的证明。

如今回过头去看，我想，在这件事发生后不久我就开始失眠了。当时我内心极不踏实，时常感到害怕。大脑努力想办法镇定下来，却发现只有无边无际的虚空。什么是真实的？什么是我可以抓住的？什么是我可以依靠的？我总是忧心忡忡，但之前却不曾有过这方面的焦虑。担心在某种程度上是合理的，具有一定的实际层面的作用。然而，人们常常这样建议：为你掌控不了的事情而担心毫无用处。我无法理解这种说法。担心这些事情当然是有意义的。这些正是你应该担心的；而担心那些你掌控范围内的事情才是不太明智的，因为你与其担心，不如去做些什么。

担忧和焦虑是不同的。相较而言，担忧往往是短期的，针对某个对象，更具体，也不似焦虑那般发散。而焦虑通常没有具体的对象，当找到附着的对象时，焦虑会转化成担忧，以证明其存在的合理性。与一个人自己的思想做着反反复复、自我参照的斗争，这个奇怪的存在就是焦虑。从前我并不焦虑，如今我回溯那日在酒吧的时候，才发现当时我已经到达了一个点，焦虑已经遍及我生活的各个角落，以至于我都察觉不到它的存在。

问题是当你开始质疑这一切是不是梦境、假象或是幻觉时，却没有任何证据。在整个世界和你的身体、思想或是大脑中，你找不出什么证据来证实或是否认这一点。从这种意义上来说，焦虑赢得彻底。我非常害怕焦虑时那种眩晕感，往常我用来安慰自己的种种方法也尽数失灵了。我可以做些什么？可以问问坐在一旁的人他是不是真实的，他回答说他是真实的——他无疑会这样回答。对他自己而言，他不可能是别的什么东西。梦境或是虚拟世界中的一切都被设定为是相信其自身的，否则构筑的世界将会崩塌。我从自己的内部寻找答案，想凭直觉或是感觉来感受人生中我做过无数次的事情，去感受事物的质感，当它们出现在我的思想中、我信赖的思想中、我可靠的心灵中、我具有逻辑思维的大脑中时的质感。然而，若是虚拟的思想、心灵和大脑被设定为能够感知外物，那与思想、心灵和大脑纠缠它们的客观真实性是没什么用的。

在我眼中，这一切都是放纵的、以自我为中心的，还带有一点点疯狂。同时，我认为这也是对已经变得深入而持久的焦虑所作出的合理反应。我所依赖的每一种安慰的方式都失效了。而他人过去是、现在也是我最大的宽慰，他人身上有着无尽的慰藉，他们只要在场就可以了。不是因为他们有能力做什么、成为什么或是说了什么，仅仅是因为他们的存在，一个人形出现在门口。这一点同样适用于动物：羊总是群居，共同生活在一片广袤的原野上，每只羊都有着自己的领地；牛总是聚集在一处；马不喜欢孤独。鱼成群而游；鸟结伴而飞。"集群"（flock）是个美好的词，最早的写法是 *flocc*，专门用在人身上，形容一起生活、迁徙、觅食的一群人。"flock"还可以指一束羊毛的柔软，还曾被用来形容一缕头发的温柔。

接着，这种感觉出现了——向后翘椅子就要摔倒了，却发现没有人、没有东西可以将你接住。或是最近那种感觉——脑子里有过多的能量，一些疯狂的电流从我脑子里流进流出，随着能量的飙升，我感到心脏在加速狂跳，而我想要的只是找到脚下的地面。地面被冲走了。惊恐之下，我的思想在寻找它的集群，寻找温柔可靠的伙伴，然而却发现只有变幻无常。惊恐的思想开始将矛头对准自己，想方设法来吓唬自己，从而证明自己的害怕是有道理的。

今天，我学校的工作邮箱收到一封邮件，是一位美国的圣公会牧师发来的，信中说他写了一篇礼拜日的布道要给教众宣讲，其中有一部分是关于我的。

他读了我的小说《西风》，觉得很喜欢，于是上网搜索我的信息，找到一篇我之前发表过的关于焦虑的论文——关于我自己的焦虑和失眠，其中对于中世纪时期的焦虑我还略微表达了些浅薄而不成熟的见解。（这就是作为一名作家感到颇为奇怪的一个方面，坦白说，当人们请你就某事写些文章时，没有人会关心你并不知道这文章怎么写，或是你对要写的文章的主题毫无了解，或是其他方面你一无所知。他们什么都不关心。你以编造内容来谋生，写这些文章时你也是在编，没有人会在意。虽然，也没有人会花钱买你编的东西。）

这位牧师发给了我一份他写的布道书，读着这些文字我有一种错位感，每逢收到读者来信讨论我的书时，我都会产生这样的感受。怎么可能是我，在这里，借助一个我连名字都说不太上来的地方想象出一个世界，而在别处有一个人，将这个世界看作他们心中另一个也说不上名字的地方，这个无名之地被调换了，想要表达出来，而这种表达又调换了我心中的那个无名之地，此过程就这样像回声似的来来回回。

于是，在这种情况下，我这种孤寂的、多半是私人化的夜间痛苦，在某个礼拜天就传到了北卡罗琳娜州教区会众的耳朵里。在布道的过程中，他稍稍提及我的小说，还谈到了我的论文，这篇文章假定，或许焦虑的情绪在中世纪还未像今天这样普遍，因为当时人们有太多"实际"的忧虑需要应对。他注意到了我对焦虑感的描述，那种毫无根据、没有对象的感觉，它必须找到对象依附才能存在，然而焦虑感的产生并非由这些对象而引发。"一种无形的不安充斥着内心。"他说道。我又重新回味着"无形"这个词，回味它的巧妙之处、贴切之处，事实上这个词最近也时常出现在我的心头：无形的黑暗，思想中一团无形的迷雾，无形的孤寂及与之相对的门口的人形，缺乏睡眠的无形的生活，日与日之间的边界已模糊不清。

接下来他又谈到伴随他一生的从儿时便存在的焦虑，谈他心中无形的不安。他拿出一本剪贴簿，里面是他的绘画和写的一些文字，在几幅简笔画的下方注有一行说明："四岁。紧张、不快乐的阶段。"——他说，这个阶段一直持续到现在。他将这份焦虑交付给了上帝；一次又一次地将它交给上帝。他请教众思考保罗在《新约·罗马书》第八章①所说的话："应当一无挂虑，只要凡事借着祷告、祈求和感谢，将你们所要的告诉神。"

"主已经近了"是他这篇布道书的题目，也是保罗这段劝诫人们不要焦虑的话的前一句话。主已经近了。应当一无挂虑。在主的靠近中，这位牧师发现了最崇高、最纯粹的箴言中的慰藉，找到了一个可以将自己的烦恼交托出去的机会，自己可以不再日思夜想或是沉湎其中，他知道这样的机会一直都有，因为主永远都在。他说，明白了这一点后，我们眼中的世界会发生变化，从前我们在恐惧的驱使下，会认为世界是孤寂的、充满敌意的，而现在世界变成了一个"由爱统治的星球"。

"主已经近了。"他告诉教众，语气中带有一种谦逊的笃定。

应当一无挂虑。

主已经近了。

---

① 此处为作者谬误，正确出处为《新约·腓立比书》第四章。译文引自《圣经》（和合本）。

我又同另一个朋友交流。他说科学才是解药，是崇高的慰藉。他援引克利福德[①]的名言："无论在何处，任何人，基于不充分的证据而轻信都是错误的。"

有太多的证据证明我们和宇宙是存在着的物质实体，而反面的证据太少太少。这是一个群聚效应的问题。仅凭一项观察发现无法证明，但是成千上万的观察研究积聚起来，构成一系列猜想，这些猜想通过被证实或证伪，便形成看起来坚实可信的理论。

若一项理论整体上是错误的，那么其中构筑它的许多观察结果也应该是错误的。到头来，你会发现去怀疑它远不如去相信它明智。最终，为了坚持对物质客观性的不信任，你只能借助非理性的思考。你必将阻碍科学的进程，而科学进程已经见证并证实了构建理论的一砖一瓦的切实存在。虽然科学是睁大眼睛去好奇去探究，但是好奇的是科学中发现的东西，是只能证实科学本身的东西，就像我所说的，更有理由

---

① 威廉·金顿·克利福德（William Kingdon Clifford，1845—1879），英国数学家、科学哲学家，他和赫尔曼·格拉斯曼发明了现在称为几何代数的范畴，克利福德代数以他命名。

去相信而不是去怀疑。我的朋友如是说。

"理性，"我说道，"总是那个词：理性。"

"理性，"他说道，"理性。"

理性 VS 信仰。

"没错。"他说道，"理性遵从通过观察和实验发现事物是真实的，而不是仅凭内心的欲望便认定事物是真实的。"

真理。欲望。威廉·詹姆斯①曾说道：

> 我们对真理本身的信任，例如某条真理与我们的想法无比契合，我们十分信奉，这是否不过是对我们内心欲望的一种积极的确证，而我们的社会体系支持我们这么做？我们希望获得真理；希望相信我们所进行的实验、研究和讨论必将使我们离真理越来越近；在这一点上，我们愿意为我们的思想生活而奋斗。

① 威廉·詹姆斯（William James），19 世纪后半期的优秀思想家，也是美国历史上最富有影响力的哲学家之一，被誉为"美国心理学之父"。

在这一点上，我们愿意为我们的思想生活而奋斗。在追求真理的过程中，我们奋战到底，不过是出于我们对真理的欲望。威廉·詹姆斯说，我们认为"真理与我们的想法无比契合"。我们认为相信某个事物不能是单纯去相信，而是因为它本就是真的。假若我们全部的信念都指向物质世界是真实的，那么我们一定认为这是千真万确的，否则我们不会去相信。我们借助理性达成了这个信念。信念、理性、真理——思想的三位一体。因此，我的朋友会这样认为。

我是否感到有些宽慰？朋友坚如磐石的对理性的信念是否安慰到了我？我的心中没有感到特别宽慰。我对这一理念持谨慎的态度。我无法依附于科学的浩瀚，就如同我无法依附于上帝的伟大。科学和信仰这两者之间我没看出有多少截然相反的区别，科学不就是另一种形式的信仰吗——对理性的信仰？这让我突然意识到我永远不可能没有信仰，一直以来我是将自己的信仰投射在某些东西上——不可知论、无神论、暴力、仁慈、金钱、犬儒主义、写作、爱情、政治和悲悯。信仰是科学的前提，是一切的前提。我们必须得有相信的意愿，否则便不会去相信；我们必须得去寻找可以相信的事物，否则我们永远也不会找到。

假如一位科学家告诉我光以每秒 186000 英里的速度传播，我会相信他，因为他相信这一点；而他之所以相信，是因为他以及其他科学家已经利用实验验证了这一事实。但是，我本人是无法亲自测量的。假如他告诉我，理论上没有什么可以比光传播得更快，我也会相信他。我还能怎样呢？我自己是无法去验证的。我相信他是因为他以及其他科学已经利用理论去伪存真，证明了这一事实。是什么让他相信自己的理论和实验呢？他进行科学探究的基础是他对理性的信仰。威廉·詹姆斯还曾说道："我们的信仰实则是对他人信仰的信仰，越是在重要的事情上越是如此。"

宗教是对某位神明的信仰，科学是对理性的信仰。我越是观察着两者，越是觉得它们之间无甚区别。科学的信徒越是主张理性是裁夺一切的尺度，理性就越像是一位被顶礼膜拜的神明。理性只能证明其自身。倘若你用理性去判断什么是正当的，你会发现只有通过理性来实现的才是正当的。这类事物我们称之为"合理的"。这又如何呢？若是你以上帝为标准衡量什么是正当的，你会发现只有通过上帝来实现的才是正当的。这类事物我们称之为"神圣的"。你并没有因此而对事物本身有更多的了解，只是知道了可以通过何种方式接触它。

我想起了那位在田纳西州的朋友，她走路的样子十分沉稳，脚微微向外，腿因为时常跑步被晒成了小麦色且颇为健壮结实，步伐中透着笃定。她拥有詹姆斯所说的"相信的态度"。于她而言，上帝好似一位恋人，带给她恋人所能给予的激情、挚爱和关怀，还近乎充满着情欲。她是他的。无论她的思想飘荡到何处，她永远都是他的；她生来便是，死后也将是。当我躺在床上，抚摸着床垫，努力想说服自己的一面正在缓缓上升准备接住我，我的根系扎在泥土里，而且我的臆想——那种感觉像是头顶通了电般令我盘旋上升的臆想也没什么大不了的，此刻我只想让自己一股脑儿地投入某种狂热而不可动摇的信仰，但是我做不到。

夜里我熬过一个又一个小时，清醒地看到了这一切，我既毫无睡意又精疲力竭，我渴望着能拥有临入睡前的那种感觉，那一刻你将自己全部交付了出去。战斗结束了。我们思想生活的战斗。某种比你更大更奇怪的存在掌控了局面。休息的时刻终于要来了。你清醒的意识中没完没了嘀嗒着的时钟就要喑哑了，你的四肢准备松弛下来，令你痛苦的东西将不再折磨你，这一整出狂热的马戏即将垮台。你不需要去做什么，也不需要去解决什么问题。此刻，牧师和科学家是平等的。他们与野猪、蝙蝠都是平等的。你不需要信仰什么，除了这项赐予动物的生理行为，而这一恩典是你可以自由享用的。

世界上所有的科学家都在寻找着精妙的指令和规律，以打开通往睡眠的丝绸之路。而世界上所有的宗教都是为了传达仁慈和恩典而生的，就是我们闭上双眼、沉沉睡去前的那一刻出现的仁慈和恩典。

一位失眠症患者正在游泳。

　　她的自由泳技术还可以，她能游得更好，不过她得先一步步来。

　　七月。烈日几近悬挂在天穹的最高处，阳光没有半点英国的影子，炙烤着黄色的草地和湖面。草地被排水管道分割成一块块的，难以相信此地也有干旱的时候，干得好似世界上没有一滴水。从高处看，湖中似乎也没有水。太阳直直地照耀着湖面，湖面闪闪发光宛如一枚金牌。干枯的草地好似老旧的榻榻米席子，一条条排水管道就是席子上的缝线。

　　这位失眠症患者最近正在服药。一种具有镇静作用的抗抑郁药物已经让她连续两晚都睡得不错。醒来后她便出门了，来到阳光下，在威尔特郡一片草地上的小湖泊里游泳。她夜里睡眠很正常，不是吃了安眠药之后那种仿佛被麻醉般彻底无梦，也不像是死了躺进棺材里似的无知无觉的睡眠，而是感觉睡得舒适自在且伴随着梦境。醒来时她觉得神清气爽，头脑十分清醒，精力也很充沛，这使她想起了自己从前的状态。

第三夜、第四夜、第五夜，她都睡着了。每天她都来湖边，从上面俯瞰她就像一个小点，挥舞着臂膀划水，从这头游到那头。一二三四换气，一二三四换气。在我们和她之间有许多层空间，每一层空间都是富有生机的。此处高一点的地方是一层稀薄而清新的空气，往下一点是云层，这时只有一朵云在飘荡。再往下是鸟儿们，从这个角度望去鸟儿的身影跟她差不多大，有鸢、鸽子、乌鸦、喜鹊、雨燕，它们分别在天空的不同高度遨游着。再下方则是昆虫：蚊蚋、蠓虫、蜉蝣、华丽色蟌、帝王伟蜓、石蝇、蚊子、脉翅目昆虫。她的双臂似风车般摆动，一只雨燕从空中俯冲下来，在她右臂正前方大约一英尺①处抓住了一

①1 英尺 = 30.48 厘米。

143

只虫子。

随处可见蜻蜓和雨燕的身影，它们在空中飞来飞去。水面之下有水蚤、线虫、负子蝽科和端足类，还有一些小鱼和小甲壳类动物。即便戴着泳镜，这位失眠症患者在水中也无法看到它们的踪迹，琥珀色的湖水好似煮过的茶汤，其中好像还加了点牛奶。她在湖心停了下来，仰面朝天漂在水面上，抬头看着蜻蜓、雨燕、喜鹊和鸳，想不出该用怎样的词汇来形容世界是多么灿烂，生活是多么奇妙与美好。她甚至脑袋空白，一时找不到关于这方面的想法。从这里俯瞰，她就像一只结满种子的花冠被风吹散——苍白、柔弱、顽强又漂泊无依。她从一侧游到另一侧，再围绕三个浮标转了一圈，然后从水中出来坐在了岸边。她的脚上沾着黏土，很适合用来做雕塑的黏土。微风拂过干枯的叶片发出沙沙声，从草地那边的咖啡馆传来餐盘叮叮当当的脆响和人们交谈的声音。太阳还有充足的热量，这一天也还有很多时间。河水没有颤抖，湖面也不曾战栗。一切都是那样温暖和煦，不需要去争斗或是战胜什么。

第六夜她睡着了，第七夜也睡着了。她继续去游泳。这才是她从前感受到的世界，就像她关节之间存在着空隙，她的思想也不是金属之间互相挤压摩擦，就像呼吸那般自然而然毫不费力；这种头脑清醒、心中没有什么恐惧、眼中的一切拥有无限可能的感觉又回来了。就像是告别了残疾，突然间发现自己又可以走路了，或是盲人重见光明的感觉。第八夜、第九夜、第十夜也依然如此。

　　说实话，现在睡意来得没有那么深沉了，对镇定药物已经产生了一点耐受性，不过睡眠总归还是来了，这就够了。她已习惯了睡得很少，因此多少能睡会儿就行。她必须抓紧去游泳、骑车、处理工作、厘清思路，趁着她还有能力做。有时，我们见到她在咖啡馆里，拿着一个笔记本在不停地写啊，写啊。第十一夜降临了，第十二夜、第十三夜也随之而至。

　　她在水里游着，身子一浮一沉。她忍不住想象从高处俯视自己，只因脑海中有一个念头，某个东西将要从高处坠落下来。这种想法从她服药开始便有了。如果药不管用了怎么办？很难相信某个外物能够产生如此明显的奇效。她自幼便被灌输了永远不要相信药物的想法。一味盯着外部世界，你终将会失望的。你的身体内部蕴藏着治愈一切疾病的办法。感冒了？冥想吧！膀胱发炎了？冥想吧！得癌症了？冥想吧！伤心了？冥想吧！就这样一浮一沉地游吧，再绕着浮标游一圈，尽可能地游吧，她想，就这样游啊游啊游啊，趁还能做得到。

第十四夜的睡眠有些时断时续，花了好几个小时才入睡，睡意也很朦胧。第十五夜也是同样。没关系，继续坚持下去，只要睡的时长能让人重拾些许信心、驱散恐惧便足够了。每一夜都是一场小小的胜利。第十七夜几乎没怎么睡着，不安的情绪又袭上心头。没关系。睡一会儿也是睡。她不再骑车去湖边，而是变成了开车去。只要能让她进入水中就行，那里充满着无尽的自由，与死气沉沉的黑夜截然不同。她只需要坚持下去，坚持到能超越它。不管镇定剂的药效消散得有多快，她总能以更快的速度获得力量和希望。到那时，她就再也不需要镇定剂了。

从那个想象中的瞭望台俯瞰，她就像一个游动着的小东西，还不及鸳大。她想知道自己有没有可能小到不被观察的人注意到。或是，小到不值得去寻觅追捕。《德伯家的苔丝》中有这样一句话：众神对苔丝的戏弄也完结了。也许众神对她的戏弄也完结了？她不太清楚众神到底是哪些神明，不过他们一定不是邪恶的存在，或许只是内在力量与外在力量的集合，随着时间的推移，开始对她不利。是运气不好？为什么这种霉运与失败的感觉如此相像？没关系，游到浮标那里，绕着浮标游一圈再回来，一二三四换气，继续重复动作。

第十七、十八、十九、二十夜；先前她吃药时睡意会迅速袭来，后来逐渐来得慢了些，这时已经彻底不来了。又回到了从前的无眠之夜，还有随之而来的习惯性的恐慌。她四肢那种轻飘飘的感觉消失了，关节像被钳住似的发紧生疼，脑子里乱哄哄的像是有一群黄蜂。继续坚持游泳。头没入水中，摆动双臂，费不了你多少力气，你必须继续前进。不要放弃生活，要认可生活。蜻蜓和雨燕，仰面躺着看它们四处纷飞。多么灿烂的生活，如此欢快而富有意义，万物安宁又美好。

从上面看，这个肤色浅白、四肢伸展着的人形好似一块鱼饵。她转过身来，又开始一下接一下地向前游。今日阳光明媚，却不算太热，湖水的颜色变得更深了，风向也摇摆不定。呼吸之间，她感到一丝不安，还有一种不切实际的感觉，她像是独自一人置身于茫茫大海上，情况十分危险。太离谱了，明明不存在任何危险，这不过是草地上的一个湖泊，就算她停下来不游了，用不了半分钟也能漂到岸边。实在是太离谱了。然而，天空好像要塌下来。可是，天并没有要塌下来。她又游了一圈来证明自己一点儿也不害怕，每当她出水换气，她都会告诉自己：多么高兴啊！多么美妙！简直是天堂！然而她的呼吸有些急促。

她认为我们正从高处观察她，其实我们没有。我们并不存在。她觉得有一把斧头就要落下来，是我们在挥舞着斧头，然而我们没有看见任何斧头，更别提去挥舞着斧头，因为我们是不存在的。她从湖水中出来，擦干了身子，感觉头部、肩颈上的压力又回来了，某种莫名的力量沉重得要将她压垮。是我自己，她想。我在压垮我自己。是我的所作所为。不是什么上天的威力。每个正常人都能睡着，这是人的基本功能，不是神的功效。然而这并未减轻她头部和肩颈上的压力，只是使她感到胸中有一股新的压力。

别在意。明天继续来。再试一试。第二十一夜，睡了一小会儿；第二十二夜，一点儿也没睡着。没有间隔缓冲的日子一天天地堆叠在一起，她的心脏试图挣脱出来。她感到肾脏隐隐作痛。走过灼热的草地，上方有个影子一晃而过，她不禁赶紧闪避、护住自己的头——是一只鹫从她头顶飞过。当她抬头看时，早已不见鹫的踪迹。她认为站在高处的我们想要抓住她，把她当作猎物。与此同时，她也知道我们并不存在。追逐和失败的感觉是由不存在的东西造成的，因此她越发觉得崩溃。别在意，游泳吧。把头潜入清凉的奶茶色湖水中，一直游到远处的浮标，绕一圈再游回来。从高处俯瞰，她就像是小孩子玩的上发条的玩具。她为自己感到难过，又因此而生自己的气。此处仍有蜻蜓和雨燕，岸边的灯芯草地和杂草丛中，还有数不清的蓝色豆娘；雨燕是从非洲来到这里的。一个人的狗正沿着湖边飞奔，动作快得好似脚不沾地。

第二十三夜，第二十四夜。整个世界变得越来越干燥。每次她来到湖边都会怀疑小湖是否还在。万物都在大声呼唤着雨水。然而湖水仍在等待，在这片小草地上等待。游吧，不顾一切地游吧。挥动双臂、摆动身体、拍打双脚没什么难的，最困难的部分是由水来完成的。头潜入水中，一二三四换气。

从周日晚上到现在我都没睡过觉，我说道。

从我坐下开始，我的头便埋在双手之间，这时我终于抬起头来，说出了这句话。之前我从未在医生面前哭过，此刻我面对着她，她的背挺得直直的，脸上一副严肃的表情，拒人于千里之外。而我，从周日晚上开始就没睡过觉。今天是周五了。我只想睡觉。假如杀死一个人能让我得到他的睡眠的话，我会这么干的。

"真是没想到。"她说道，而我坐在那里哭了起来。没想到？我想问问。她的意思是：你周一刚刚来过。拜她所赐，我停止了服用镇定性的抗抑郁药物，因为我并没有抑郁（我睡眠不足、绝望、生气，但不是抑郁），于是我失去了药物提供的镇定。从那时起，星期一，我没睡着觉。连续四晚一点儿也没睡。我上网搜索想知道反弹性失眠是不是停药引起的症状，事实的确如此。网上给出的建议是逐渐停药，不能一下子彻底停药。而她却不是这样说的。因此，我才来这里，又像一个双手并拢的孩子似的。而这回是个流泪的孩子。

"我需要一些安眠药。"我说道。她睁大眼睛看着我，仿佛我的眼泪吓到了她，或是令她感到困惑。"求您了。"我说道。话一出口我便后悔了，因为我这么说相当于权力在她手上，我夜里的睡眠成了她给予我的特殊照顾。然而，的确如此。若是拜倒在她脚下、向她哀求有用的话，我会这么干的。

她脸上的表情冷冷的，摆出一副斯芬克斯似的姿态。她递给我一张处方，开了十四片药。她没有给我一条建议，也没有一句安慰。我接过她的处方，一言不发地离开了。

很久以前，当我还是个哲学专业的学生时，我曾听过一个比喻：剧场里，一位女演员在舞台上，她发现舞台的侧面起火了。她告诉观众着火了，大家必须得撤离。观众以为这是演出中的一个桥段，便对她的建议无动于衷。她表现得越是激动和迫切，观众越是欣赏她情绪拉满的精湛表演。她无法跳出她扮演的角色来说话，她的一举一动都在强化着这个角色。

我想这个比喻是在讲女性主义时提到的，但是它引起了我更广泛的共鸣，因此这么多年我一直记着。这个比喻适用于生活中的许多场景。此时此刻，在医生眼里，我就是那个神经兮兮、全然沉浸在自己世界中的形象。我越是想作为一个人类渴望被倾听，越是强化了我神经兮兮、自我陶醉的形象。我越是告诉她或是向她展示我是多么痛苦，她听进去的就越少。我越是告诉她或是向她展示我是多么痛苦，她越是觉得我神经兮兮、自我陶醉。每一次，我的角色都得到了加强，我的角色已经凌驾于我的人性之上。在她眼中，我变得越来越不通人情。我成了一个典型病例。我惹恼了她，浪费了她的时间，因为我只需要去睡一觉就能痊愈，而她的病人是真正生了病并且治不好的，肯定不是睡一觉就能治好的。

我全身上下没有半点想去见那个医生的意思。我已经产生了畏惧心理，觉得这是一种彻头彻尾的羞辱。我尽量不因为失眠问题去找她，而是因为某件具体的事情：请她开个处方，或是像之前那样请她开一项血液检查。我知道医生其实做不了什么。这次去见她距离上次已经过了将近四个月——到现在我患失眠症已经整整一年了——这次是为了让她再给我开一次血液检查。前段时间我见了一位营养师，对方想要检查一下我是否缺乏某些东西，是否有甲状腺方面的问题，看看究竟是什么导致了我的失眠。营养师听说我没有做过这些检查，感到十分惊讶。检查可能什么也发现不了，但至少我得知道这个结果。于是，我进去了。我抛开哀求者的姿态，把这当作一次商业交易。我不会劝她同情我或是理解我，只是简单跟她要一样她能给的实实在在的东西。

　　请问可否再给我开一次血液检查，我说道。我看过的所有关于失眠的资料都提到患者应该通过检查排除一切医源性因素，可我却还没有做过。我知道用这种方式找出症结希望渺茫，但也是有帮助的。单单是排除其他因素，对我来说也是有益的。

　　她转向她的电脑，一言不发。终于，她开口道："这里不是商店。"说话时她的眼睛并没有看我。

　　我的视线穿过镶有窗棂的高大窗户向外望去，看见一只鹭拍打着翅膀平稳地从运河上飞过。我发现，愤怒和疲惫的感觉很相似，像是从同一堆死灰中挣扎着燃起的火焰。生气是鲜活的、有力的、有具体对象的；而愤怒是残羹冷炙，将自己生吞活剥。愤怒和疲惫将我活活吞噬。它们吞噬了我的顺从，吞噬了我此刻之前的过去、此刻之后的未来，吞噬了我所有应该做的与不该做的。

　　这时，她的姿态软了一些，好像已经意识到自己有点过了。"可以，"她说道（几乎是有点结巴地），"那我们就做做检查吧，对，这个主意不错，那就做吧。"她敲打着键盘，我心中疑惑自己是不是遇上了一个疯子？还是说我才是疯了的那个？她将我卷入了一场猫和老鼠的游戏，而我并不知道这是为什么。我望着十一月的天空，阴沉灰暗，又望见山谷里的打桩机，那里正在盖新房子。从前我住在那里时，人们都很反对建这些房子，而我并不反对。我看不出反对究竟有什么意义，因为无论如何这些房子都会建起来的。愤怒使我的胃部感到突然一沉，就像开车飞速驶过一座拱桥似的跌宕。我的双手放在大腿上，整齐而端庄地并在一起，就是这样一双温柔的手。谈不上优雅，但很温柔。我一辈子都在讨好他人，待人接物谦恭有礼，向别人请求什么的时候，态度也总是和蔼友善，从来都不会介意，哪怕是被拒绝也不会介意。

————

广播 3 台[①]，正播放着音乐节目《文艺复兴时期费拉拉的女性》。乐音优美动人。的确很优美。女性的声音层层叠叠，他说不出里面到底有几位女性。闭上眼睛，他感觉自己无疑是置身于一座大教堂中，等他睁开眼睛时，着实过了一会儿才反应过来是在自家的厨房里。

炽热的阳光晒着他的右手和右侧的大腿。他的

———————

① 英国广播公司广播 3 台（BBC Radio 3），主要播放古典音乐和歌剧，还播放爵士乐、世界音乐、戏剧和其他文化艺术类节目。

孩子们觉得他听广播 3 台这件事很可笑。"只有住在林地巷的人才听广播 3 台，"孩子们说道，反正他是个老混混，他们心里这样想。事实并非如此，不过随他们怎么想吧，这称呼听起来感觉他蛮酷的，比他本人或是比他从前要酷。他真心喜欢的是 70 年代末和 80 年代涌现的轻金属乐队，那些乐手留着荒诞夸张的发型。他喜欢罗德·斯图尔特①，但他永远不会告诉孩子们。他还喜欢凯特·布什②。他的孩子们不懂凯特·布什。不过也许，他想，也许她歌曲中的某些东西他可以在《文艺复兴时期费拉拉的女性》中听到，她们的声音将他带到了异域他乡。

门铃一响，他关掉了收音机。他请穆尔进了屋，穆尔在半椭圆形的餐桌旁坐了下来，沐浴着阳光，而他去泡茶。

----

① 罗德·斯图尔特（Rod Stewart，1945— ），也称洛·史都华，世界著名摇滚歌手，也是才华横溢的创作人，嗓音独特，是 20 世纪 60 年代中期美国乐坛的英国入侵浪潮的标志性人物。

② 凯特·布什（Kate Bush，1958— ），20 世纪 80 年代英国前卫摇滚歌手，作品极具个人特色，融入歌剧和戏剧元素，她还喜欢尝试各种新鲜的舞台装扮。凯特音域极广，难以模仿，作为女性另类音乐的划时代开拓者，影响了许多后来的音乐家。

"盖尔出去了吗？"穆尔问道。

"她带着凯利进城去买——我不知道去买啥了。不是买这就是买那。"

穆尔点了点头，脸上的表情意味深长，像是一口气将一切和盘托出。那表情在说："是啊，买这买那，她现在都能买得起了。"又在说："她已经开始花那些钱了？"还说道："她知道了吗？"不过，他清楚她并不知道，因为这是他们五个人之间达成的协议，永远不能违背。

"天哪，可真是热，"穆尔说道，"没见过这样的夏天。"

"待会儿你和伦①要去钓鱼吗？"

"三点左右去。你去吗？"

"盖尔想让我跟她一起干点事。你们要是明天去的话，我可以一起。"

"嗯，看情况吧。没准儿可以。看情况吧。"

穆尔五十多岁，看上去要比实际年龄显老一些；

①Len，Lenny（伦尼）的昵称。

他身上透着疲惫，那样子就像是他打算要放弃一切，钓鱼度过余生。他们每个人分到了13000镑多点儿，还不够让他彻底放弃所有，但是穆尔用这笔钱出去玩几次、度度假，打破单调乏味的生活，还是可以的。

伦和保罗认为不应该只从三台取款机上发财，他们应该每人搞一台，但是他、穆尔和詹姆斯不同意。三台就足够了，每操作一台都吓得他瑟瑟发抖，到现在还没有完全从惊恐中走出来。穆尔也是同样。拿到自己的13000镑时，穆尔露出沮丧的神情，好像这些年来干的尽是吃力不讨好的事。的确如此——这一切都是吃力不讨好的事，包括去抢劫取款机。因为你吓得屁滚尿流，搞到了13000镑，然后呢？你打算用这些钱做什么？你甚至得想怎样才能把这些钱花出去——这些已经被认定为犯罪赃款的一沓连号的20镑钞票。詹姆斯打算将自己那一份买成比特币，他认为他们几个也应该这么干，但是没有人知道比特币是什么。他们只知道13000镑能买到3个比特币，而且并不打算花13000镑去买3个詹姆斯也说不清楚到底是什么且不存在的东西。那还能怎么花呢，詹姆斯想知道。你还不想花，就这么回事。你将这笔钱藏起来，先花着从别处弄来的钱。

"我在想，"他对穆尔说，"你应该从我那份中再拿几千。你可以的，我也不知道为什么。就这样，拿去吧。拿去随便干点什么。"

"不行，"穆尔说道，"我不要。"

"快点儿吧。带玛丽出去度度假，她现在感觉好些了。"

穆尔的两手从腿上抬起，放在了桌上。桌上摆着的一个雾化器倒了，就是盖尔用来治疗花粉症的那个。"我什么也没干，只是在队伍里站着。"

"不能这么说。"

他想说他们是一起完成的，他、穆尔、伦尼、保罗和詹姆斯。他们都是平等的伙伴，除了詹姆斯作为智囊、技术担当多分得了 10000 镑，其他人都冒着同样的风险。若是一人被抓，他们都会认罪。他没提这件事，因为他们已达成一致：现在不再谈这件事了，已经结束了。从今往后再也不谈这事。一切已经结束了。

"我不想要。"穆尔说道。他举起茶杯，微微一倾，用这个动作表达着感谢和委婉的拒绝。

不管怎么说，他们冒的风险是不同的——詹姆斯承担了最大的风险，冒充技术人员进入那台机器，将电脑安置进去。确实，这块蛋糕詹姆斯应该分得多一些，而他对穆尔说想让他多拿些是因为这次行动让穆尔很困扰。不过詹姆斯对于收获却是挺满意的，并且也乐意去冒这个险，似乎冒险比钱给他带来更多的快乐。

不管怎样，事成了，一切都结束了。距他们离开商场才过了五天，还完全没有摆脱嫌疑，讨论这事，哪怕是在自己家的厨房里，也是在找麻烦。门大开着，隔壁邻居仅隔着一道栅栏。

之后，他们俩没怎么多说。每逢星期六的上午，穆尔送玛丽去参加绘画社团后，总会打个电话说要过来喝茶。中间玛丽生病，他有些日子没来了，因此如今这不再像是日常例行的活动，更像是专门的安排，一件值得感恩的事。于是，穆尔临走时，他突然几乎是有点强行地抱住了穆尔，在他背上拍了一巴掌，与此同时他感觉到穆尔的手按在他的后脑勺上，就像某人想要将你的头狠狠拽下去似的，但是穆尔并没有拽。他只是用坚实的手指迅速握了一下他的头，他感到一丝异样而尴尬的欣慰。

/

他与穆尔的想法不同。对他来说，这笔钱是老天爷赏的。他也很清楚该怎么花。他会把这钱给盖尔——这里给二十镑，那里给十镑——在他往后的人生里。孩子们的那份早已经安排妥当，在他的遗嘱中都已经一一列清楚了，但是他给盖尔的永远达不到自己的期望。是她的期望，他脑海中的穆尔这样说道。一回事。她想要的也是他想要的。从他第一次见到她起，这两者就是一致的。

他从来不擅长与女性相处；对于她们想要什么，他整体上没什么概念。然而与盖尔相处却很容易，她想要的就是你能用钱买到的。钱就是爱。这他能办到。别的女人想要的东西她并不想要，比方说忠诚、时间、文雅的气质、第六感（什么时候需要什么东西的预感）。他知道她的需要并给她，反过来她也会给他他所需要的。

今天她出门前，他趁凯利不注意，给了她几张二十镑的纸币。这钱是他自己账户里的积蓄，现在他给得起了，而不是从那笔藏起来的钱里拿出来的，詹姆斯说那些钱现在进入流通还不安全。给自己买点什么吧，他说道。对方的表情，洋溢着喜悦、感激和爱意，就是人在得到自己想得到的东西时的表情。孩子们小时候打开礼物时也是这种样子，这表情大大地撞开了他的心扉，他再也不会回到从前心扉紧闭的时候。钱从取款机里向外喷涌时，他也是这样的心情，这让他感觉很好，这也是他给她钱和她从他这儿得到钱时的感受，这两者是一样的。

商场里那台取款机五分钟的时间给了他们 18000镑。詹姆斯中间并没有踩下刹车，而是掏空了这台机器。这钱赶得上他一年的收入，不过不如他们从上一台机器挣得多。他们很幸运，选了一台合适的取款机和一天之中合适的时间。不管怎样，他觉得这都是运气，而詹姆斯认为这全部得益于周密的计划和高明的手段。但是人这一生会经历无数次计划失败的情况，其中有些还是非常好的计划，然后才明白事情成与不成是运气说了算。詹姆斯过了四十五岁还没有看透这一事实，足以证明这一点。运气就是一切。

他不敢相信自己干了这事。他就是无法相信。正是这份怀疑让他觉得一切正常，而且对于要是他们的形迹败露将会发生什么，他也有一种不切实际的镇定，因为他心中的确有一部分相信自己没有做过。于是，当另一部分出现，提醒他确实干了这事时，他会像念咒般地告诉自己：无被害人犯罪。犯罪行为没有被害人，你就不是真正的罪犯。你是机会主义者，跟企业家没什么区别，詹姆斯这样说。你是机会主义者。

他很想告诉盖尔，她平时常会跟他讲这类的新闻。五分钟的时间搞到了一万八，她会这样说。一万八。事实上，他内心有一半在等待着她将告诉他这事。他想，她会在当地的报纸上或是什么地方看到这条新闻。

他最近逃避报纸、新闻，逃避一切这类消息；詹姆斯说他会密切关注，一旦有什么风吹草动，有什么得多加小心的情况，他会告诉他们。到目前为止，这起案件只是像其他案件那样被媒体报道了，但是警察并没有盯上他们。警察——詹姆斯说道——可能看起来明察秋毫，但是他们不会将人力物力浪费在抓银行抢劫犯上。没有人喜欢银行，而且这是无被害人犯罪。

此外，还有一件事他今天本想告诉穆尔却没能说出口。那天上午在商场里，不知道什么时候，他丢了他的婚戒。那枚戒指的尺寸一直都有点偏小，那天上午他因为紧张出汗，手指有点发肿，于是就把戒指摘了下来，放在了钱包里。他又在取款机前胡乱摆弄自己的钱包，假装找卡，戒指一定就是这时掉出来的。他离开商场时想把戒指再戴上，他心中感到无比兴奋，想要将这份感受与盖尔联系起来，却发现戒指不见了。

他无法将此事告诉别人，虽然他应该这么做——要是这枚戒指在取款机旁被捡到了，上面带着他的DNA或别的什么东西，是不是就完蛋了？除此之外，丢了戒指这件事折磨着他还有另一重原因，这使他感到无地自容，或是觉得自己很失败。这枚戒指是盖尔买给他的唯一一件东西——戒指不值几个钱，但是花光了她当时全部的积蓄。多么可笑，五分钟的时间搞到了18000镑，却把他真正心爱的东西弄丢了。他不能告诉盖尔。由于某些原因，他感到很害怕。因为她很可怕，穆尔说道。然而她并非如此，她只是个一无所有的人，仅此而已。丢钱丢物或是缺钱少物都会令她惊慌失措，就是这样。

但是他能怎么办呢？到商场里去跟失物招领处说"上周我刚抢劫了取款机，把我的婚戒弄丢了"，这显然是办不到的。那家商场他连去都不能去，甚至不能靠近。至少目前不行——也许从今往后都不行了。

"爱的扩散。"这是之前他从广播3台听到的一个词。他并没有真的在听，歌曲之间的对谈他是从来不听的。那些不能说是歌曲。应该是乐曲。交响乐。无所谓。盖尔和凯利出门后他就一直在餐桌前坐着，他想起了他的母亲擦拭她的银质烛台时的情形。这是她拥有的有关过去即嫁给他父亲之前的日子的唯一物件。这物件摆在那间政府廉租房里，显得格格不入。

他正想着这些，这时广播中谈到了"爱的扩散"，这个词立刻吸引了他的注意。一瞬间，他看到到处都是银光闪烁，也许是烛台的样子与这个词融合在一起，他不清楚眼前的景象缘何而生，却带给他一种感觉，如同音乐一般。他感到盖尔仿佛在这银光之中，好似她穿着婚纱时的倩影。

这时《文艺复兴时期的费拉拉女性》的音乐响起，他开始浮想联翩，感觉自己置身于一座大教堂之中。他平日里从来不是个爱做白日梦的人。终于，门铃响了，他只好摇了摇头，起身去给穆尔开门。

———

凌晨 5:00：

黑夜的潮水积蓄成汹涌的浪涛。我做不到，做不到，应付不了，再也无法继续了。无眠的夜晚太多，黑暗和孤寂也太多，已经让我难以招架。我毫无知觉地下了楼，四处走来走去，疯疯癫癫，摇摇晃晃，我撕扯着自己的头发，转来转去地寻找正北方向。我的正北方出现在了客厅里，他一副震惊又睡眼惺忪的样子，握住了我的手腕，说道：嘘，没事的，没事的，一切都好了，没事了。我内心想要尖叫，却发现自己正在尖叫。"不",我的大脑中好像只记得这一个词。

我所有的答案都是"不"。

不。

次日，我无精打采，眼睛也十分酸痛，整个人窝在沙发上，不安的情绪像是缓缓的波浪在我的心中起伏。他说道："现在让我来向你展示我声名在外的弗拉明戈舞。"

于是，他开始昂首阔步，样子有些笨拙，一只胳膊抬起，一只置于身后，双肩下沉，膝盖微屈，怪诞又婀娜的身姿在我的视野里来来去去。你太荒唐可笑了，我说道。我心中某种黑暗消沉的东西并不想被逗笑，然而一个欢乐的泡泡穿过了我内心的阴云，迸发出轻轻的笑声。

我的自我是需要通过一个个片段来理解的自我，它是一个散乱的存在。我对着镜子，却不太了解镜中的自己。我看着自己写的文字，仿佛初次认识自己的灵魂。每一次都是第一次，常常并非我眼中的样子。

　　我通过密码来了解自己。我知道母亲的银质烛台让我挂心又着迷，因为它进入了这本书，还进入了这本书中的一个故事里。在此之前，我已经三十多年没有想起过那盏烛台了；接着我又想起了《心灵上的风车》这首歌，我看着这两者似乎结合在了一起，然而在现实中两者可能从未出现在一处。之后，我杜撰的这位抢银行的无名男子突然因此而感伤，为我母亲的烛台而感伤。我知道，每当我将自己的一段人生经历赋给作品中的人物，我是在试图去理解这段人生经历，人物或许会向我作出阐释，又或许不会。如今我理解了吗？没有。事情不是那么容易的。写作就是在做梦。不是所有的梦境都可以被解读，也不是所有的解读都是对的。而且，不是所有的解读都让人觉得有意思。无论如何，梦只属于它自己。

写作是在做梦。几年前我才发现了这一点。写作是一种清醒的梦境——是潜意识在发挥作用，潜意识稍稍进入意识之中，刚好可以驾驭天马行空的梦境。我常听人说写作是在利用潜意识，而这种说法是不对的。写作就是潜意识，它利用的是意识。

在梦中，潜意识将人在醒着的时候生活中发生的事情进行表达、演绎，然后具体呈现出来，这些事往往是给我们的精神带来负担的事，例如各种情感、恐惧和欲望。在这个过程中，梦展现出惊人的创造力和表现力；梦境中的比喻总是信手拈来，它从不会为细节而苦思冥想，也不会为不必要的东西而费心劳神。它将难以言喻的东西变得真实可感。我时常梦到自己在一个池子里游泳，池水仅一英寸①深。即便当

---

① 1 英寸≈2.54 厘米。

我意识到水只有一英寸深时（按理说很快就能意识到这一点，但实际却花了些时间），我仍然在继续游着。我捕捉到了梦境中的那种感觉，发现是我非常熟悉的东西——许许多多的情感被压缩在一起的一种既复杂又具体的感觉，这种感觉我无法形容，它与徒劳、绝望、顽强的感受有关，没有什么能比这个游泳的比喻更准确地捕捉到这种感觉。我在写作时，若是想找一个比喻来形容几种确切的情感混杂在一起的这种确切的感受，我会用上这个比喻并且觉得很得意。

的确如此。有时我写作的时候，所写的东西直接来源于潜意识，没有受到思想意识的干扰。所有的这些积淀，其中有些是金子或是金子般的东西，以文字的形式倾泻而出。

我的思想就像是嘈杂的声音。它会想出有用的想法，又会从每一个有用的想法中再想出四百个无用、重复的想法，而这些无用、重复的想法中有很大一部分是有害的。应该做什么，不应该做什么。这是对自我的剖析，也是对其他事物的剖析：恐惧、悔恨、谴责、陈年旧账。这一切于我而言像是未经整理和编辑的胡言乱语，像是烟花般不断炸开又消散、炸开又消散。未经编辑加工，既无法阅读，也无法消化。仅仅是思想一直在噼噼啪啪，迸出飞溅的火花，上演着一连串的爆炸。

思想若是嘈杂的声音，那么潜意识就是默剧；其演员来自思想意识，那些恐惧、欲望、对于什么应该什么不应该的犹疑，但是它们会精减人员，只保留几位主演，而且会乔装打扮之后再登场。登场时，它们带着色彩、物质、情感、声音和肌肉组织，以密码、意象、扭曲失真的形式，全都指向我究竟是什么的本质，无论那本质是什么。无论那是什么。

该做什么，不该做什么。是对自我的剖析，也是对判断力、恐惧、愤怒和悔恨的剖析。思想是专横的暴君，会指出你之前应该做什么、不该做什么，而这些指示从来都与你当时的选择不同。思想又是忍者。我在写作时，这些变得都不重要了，没有什么应该或是不应该的，甚至自我都不怎么存在了。似乎有一条关于意识的轨迹，引导双手在一个个字母构成的地形上摸索着前进，无比神秘地，在那幽灵般的意识中操控着发生的一切。

写作救了我的命。去年，写作是我除了睡觉之外最好的事，有时甚至比睡觉还要好。写作时，我头脑清醒，精神状态也很稳定。我神志清醒，很清醒。我的心情也变得愉悦。当我写作时，其他事情都不重要了，虽然我写出的并不是多么好的作品。我从潜意识中某种开放的、难以名状的无形之物着手，这种无形之物我粗略地称之为"我"，不知该如何定义，只知道它虚无缥缈且无处可寻，是一片寂静，而形形色色的事物活动其中。然后是文字。文字可以驾驭事物。那种规整有序的舒适感，对于混乱局面的掌控和引导，并非想要制止混乱而是引领它走向边界，消除无限和熵的问题。呈现出一种完整而圆满的幻象。就这样莫名地，我开始在我所写的文字中看到了自己，自由地散落在文字构筑的一个个世界之中。

一天晚上，我突然想到一句没来由的话：爱的扩散。它一遍遍地在我的心中回响，我不知道这是为什么，但是觉得这句话似乎可以用来定义写作。我们的思想抛出种种想法和信念，它们以千变万化的排列组合方式出现，而我们成了这些的奴隶，成为我们自己思想产出之物的奴隶。思想即是牢笼。而当我们写作时，这些噪声仿佛经历了蒸馏般被净化或是仿佛被炼金术点化了，于是自我找到了一条出路，而我认为这就是爱——自我从自我中逃脱。

"你醒了的时候会在床上躺着吗？"

"有的时候我会起来，但是没什么用。起床会让我觉得很烦躁。我不想起来，只想睡着。客厅里有一只巨大的蜘蛛，一到晚上它就会出来。我不想跟一只大蜘蛛一起待在客厅里。我想睡着。"

"你醒了就不应该在床上躺着。你听说过睡眠卫生吗？"

"听说过。"

"睡眠卫生就是指你日常的睡眠要尽可能地平静和规律——规律的上床时间和起床时间，还有夜深了就不要对着电脑和手机屏幕。"

"嗯，我听说过睡眠卫生。"

"你房间的光线要暗，环境要安静——"

"别的都没问题，但是我的房间光线不够暗，也不够安静。我住的地方临着马路，路灯直直地照进我的卧室里，而且车来车往的噪声不断。"

"有没有考虑过装上遮光帘？"

"有遮光帘。"

"遮光帘确实是值得考虑的。耳塞呢？"

我有没有想过用耳塞呢？

"若是噪声很影响你——"

"或许是我的问题，我没怎么想过用耳塞。"

"而且，醒了之后不要躺在床上超过二十分钟——床是用来睡觉和亲热的，不是用来醒着躺着的。晚上太晚了不要吃东西，不能喝酒，中午过后就不要摄入咖啡因了，戒糖，晚上七点之后不可以做剧烈运动，睡前舒舒服服地泡个热水澡，但是水温不能太高，也不能泡得太早，你的房间要保持凉爽和通风。"

"这些我都做了，没有用。"

"时间长了会有用的。"

"我做了很长时间，可是并没有用。我觉得毫无效果。"

"没有人会觉得毫无效果。"

"我觉得。"

"没有人会觉得。"

十五年前，在澳大利亚，一天晚上我独自一人走在回家的路上，这时一个流浪汉袭击了我，他用一个不明物体连续击打我的头，我用手护住头、连滚带爬地躲到灌木丛下的一小块空地上——如今看来，这其实是很不明智的。他打完我后就消失了，我从灌木丛中出来跑向了一个出租车停靠站，在那个偏远的小镇上这是能求助的唯一途径。

　　我坐在长凳上等待着救护车，手捂着头，鲜血沾满了我的双手，浸湿了我大腿上的牛仔裤，还滴到了我的鞋子上。这个过程我无法理解，因为血是从我头上流下来的，这个出血量意味着我要死了，而我却还活着。

　　十五年过去了，到了晚上，我就会强迫自己想起这件事。我怀着一种隐隐的假设，觉得或许想想那些特别不好的、恐怖的事情能让我不再满脑子只想着焦虑，也许能让我那忐忑不安的心意识到就这样平平安安地躺在床上是何等幸事。摸一摸头顶上长长的疤痕或许能让我更爱护自己，不再有想用头撞墙的冲动。我的颅骨这一生受的伤已经够多了。余生要善待我健康的头。同样善待我的手，我的手里植入了金属骨骼才把骨头固定在一起。还有一种可能，就是我去重温这段记忆也许就能找到那个在十五年后以失眠的形式表现出来的问题的根源。也许问题的根源是我对黑暗的恐惧，心中还残存着受到威胁的感觉，以及觉得自己即将遭到攻击的心理预期，是不是这些让我不敢放松警惕？

然而，这段记忆并没有泄露出什么秘密。它回避分析。相反，每次我重温记忆中这段遇袭的经历，这段经历就变得离我越来越遥远，也越来越乏味，仅仅成了一个故事。甚至在刚刚事发之后，我就已经觉得它不过是一个故事而已，没什么特别的。在医院时，有人给我提供心理咨询服务，我接受了，因为我在澳大利亚没什么朋友，而这也算是一种陪伴。"你一定会觉得精神上受到了创伤。"他们打量着我骨折后又重新接起来的手、扎着绷带的头如是说。而我打心眼里很想找到这种感觉，但是到头来我不得不承认我并没有受到什么精神创伤。当时我担心的是以后我也许不能再画画了，也不能再打网球了。而在遇袭之前，我这辈子总共才打过四次网球，因此这种担心也挺古怪的。

我的确觉得受到了创伤，我说道。我感觉得到。我感到一片空白。他们说，这是正常现象，刚开始感觉会一片空白。这是精神创伤的一部分。不是的，我说道，我能感受到，并不是什么感觉都没有的空虚感，我感受到的那种空白感是白色的。我感受到——白色。我所感受到的是一片白色。

从此以后，每当我想起那次遇袭，这片白茫茫就会出现。我一直等待着这段经历变成灰色或是黑色，而如今我明白了它是不会变的。令我惊讶的是，那个曾经需要我从一排照片中指认他的男人，我居然一眼就认出了他，就在这时那片白色出现了。当我得知他被送进了监狱，我同样感到一片茫然的空白。对他或是对于其他任何东西，在我心中找不出一点谴责或是厌恶之情。我心里存在着一种姑且称之为对于一切的美好的祝愿。这有点像我用一个晚上的时间平静地凝望着一株灌木。其他人都在跳舞，而我在闷热的八月天里，在一座日式庭院里的小桥上坐了五个小时为一株灌木祈福。

这种感觉恰似白茫茫的天空，太阳被云层遮蔽，阳光均匀地洒在云朵上，呈现出一种明亮的白色，而不是空无一物的空白。这种感觉直接进入腹部，它温暖、洁白而稳定。难以估量它到底有多少，但是它坚守着自己的白色，没有一丁点儿让步，不允许被摧毁，也不会为自己解释些什么。很久以前，我便放弃了去理解它。美好的祝愿仅能触及它的一隅，而我所能找到的唯一可以直指其核心的词是爱。

一个女孩和一个男孩在后院里游荡，他们是表亲，两人已经玩够了，趴在月桂树下监视敌人的阵地，厌倦了朝着挪威云杉扔球，也没什么兴致在露台上给虫子们排队和守候知更鸟，而且今天隔着十米远用一块石头打立在篱笆桩上的另一块石头时也没能打中。他们在外祖父的菜园中长满嫩草的小径上已经来来回回跑了无数趟。

　　他们说，咱们玩点儿别的吧。可是又想不出玩什么好，于是就用榛树枝做成弹弓将一些蜗牛射到花园的墙外。然而这个游戏也没什么意思，并且他们心里对蜗牛还有些愧疚。

　　这时一个高大的黑衣人出现了，手里拿着一把长长的镰刀，他说："我有一个游戏。"

"是吗？"

"是的。我不会告诉你们这个游戏的规则和目标，不过无论如何你们都得玩，虽然这个游戏没有规则也没有目标，但若是玩得不对，个中滋味你们只能自己体会，游戏结束的时候就是你们死亡的时候。好吗？"

"不太好。"

"好吗？"

"不太——"

"好！开始吧，孩子们！"

黑衣人不声不响地离开了，女孩和男孩虽不情愿，但也只好玩起了这个没有规则、没有目标的游戏，因为他们似乎没有别的选择。于是夏尽秋来，天空逐渐变得浓厚，冬日又变得淡薄，春日变得高远，夏日变得舒展，他们就这样在游戏中度过了轮回的四季，直到数年后两人的心智已经成熟到可以理解当时青涩年幼的心灵无法理解的死亡的概念。他们同时想到，那天我们见到的那个人是死神吗？现在我确定我当时看到了一把长长的镰刀——

遥远的太阳洒下阳光，温暖了男孩疤痕遍布的脸颊，温暖了女孩伤痕累累的双手，将这个问题融化在它灿烂的光辉之中。

又过了许多年，男孩和女孩已经有了聪慧的头脑，他们同时明白了太阳的举动，意识到那时太阳以令人鼓舞的热量温暖了他们的脸庞和手指，却没有完全对他们诚实。太阳一百亿年的寿命不是也已经过半了吗？它之所以能够给我们带来温暖难道不是因为它燃烧氢气、制造氦气，而氢气终有一刻将被耗尽，太阳不也是会收缩然后死亡吗？

"它对生命的热情歌颂不也正是在离死亡越来越近吗？"女孩问道。

"我很生气，感觉自己被欺骗了。"男孩说道。

于是他出去骑车，骑了七十英里。

爱、爱、悲伤，都捆绑在一起，你的继父年纪轻轻突然离世，死前饱受苦痛的折磨，还有你的祖父和外祖父、祖母、叔叔、表弟、朋友的朋友、家人的朋友，五只狗、两只猫，死去的总共就是这些，你已经很幸运了，幸运、痛苦、爱、悲伤、生活、失去，都捆绑在一起，还有你曾经流产过，疼痛主要是生理上的疼痛，还有那年你盖着一张毯子度过了整个圣诞节，裹得像个幼儿。

　　当我还是个真真正正的孩子时，在斯特拉德福镇的一座小屋里，我眼睁睁地看着桌子转了起来，周身只觉得寒冷、黑暗，眼中只有房梁和茅草。那次是学校组织的旅行，我的五脏六腑感到一股绞痛，听见死神正在砰砰砰地叩门，却无人可以诉说。"学校旅行死亡事件", 肯定会登上当地的报纸。之后的事情就是流血、羞耻、开始使用卫生巾，以及不明白为什么那天上午我还是一个孩子却突然之间变成了一个女人。还没准备好，还没准备好！我跌跌撞撞地冲下楼梯，打开电视看起了《朱门恩怨》(*Dallas*)，心中满是愤懑。

一晃二十多年过去了，流了更多的血，生活就是血、血、血，圣诞节变成了一块灰色的污渍。然而，你又失去了它。你还是没有准备好。难怪。没有母性的冲动曾经催促过你，难怪在你的怀疑和恐惧中，它就这样溜走了。你心中充满了自我，没有空间容纳一个新的自我，比起他人对你的需要，你更需要自我；"母亲"是个很奇怪的词，让人想到石头，我不想成为石头，而是希望可以自由活动、可以像潮水般起起落落，不想让自己的生命成为他人的负累。感受生命的重量，有时太过沉重，有时又觉得分量不够，跌宕起伏，世事总是出乎意料。死亡。再也不想去创造或是去爱注定会走向死亡的事物。因此，我慢慢朝前看向前走，开始写作并从中获得了慰藉，感受文字的无限，仿佛你在驾驶着一架飞机，可以让世界倾斜。

又过了六年（你像数鸡蛋一样数着你的时间），你明白了，这是个骗局！这所有的一切，所有悲惨的一切。这个问题本身就是骗局，是假象。你打算做什么或是不做什么，能做什么或是不能做什么，答案既肯定又否定。你准备好了没有？整个都是假象，一片混乱，从来都没有选择，从来都不是你能选择的。你觉得发生了什么——一直以来，你的身体，臀部、子宫和那些血，你是怎么看待这些的？三十多年来，每个月你都在为容纳一个生命而做准备，就像有人打包好行李准备奔赴一场盛大的冒险。

要有毅力，要继续坚持下去，三十年来这个声音一直在呼唤。不必了，你说道，然而它并不是在发问。不必了！那个气冲冲地飞奔而去的是你；那个站在莎士比亚未来妻子的桌前的孩子是你；那个长大后，驾驶着自己的飞机（你所认为的自己的飞机）任意倾斜摇摆的飞行员是你，也许会经历空难，对你来说即是创作上的阻滞。于是你想，也许你的命运，也许你的命运不是复制自己，而是以某种方式创造自己，通过文字来孕育你自己。这是不是由于你是在与莎士比亚有关的地方蜕变为一个女人，因此你的命运注定就是文字，而不是奶嘴、尿布和书包？

这并不是某种倨傲的感受，而是更倾向于一种希望。你是建筑工人的女儿，父亲大字不识几个，他读的第一本书是你写的第一本书，他花了一年时间艰难地读完。之后，他也只读你写的书，每次都是硬着头皮磕磕绊绊地读。这份爱意令你惊讶，而他感到骄傲又害怕，骄傲的是自己的女儿能写出他看不懂的东西，而害怕的是自己却看不懂。他不明白文学是如何进入了你的骨血，按理说你体内流淌着的芬杜斯脆皮煎饼和袋装即热咖喱应该更多，你的阅读素材只有通俗小报《太阳报》，父亲都不好意思盯着上面的美女的胸。你不仅写出了一部小说，之后还又写了五部，是如何做到的？十二岁的你在安妮·海瑟薇的厨房里，桌子转动起来那一刻，命运就已经显现了。你长大了。作为一位女性，成熟意味着不再像孩子那样说话。这就是你心中的想法。

后来你写了五部小说。回头想想，当时你脑海中在想什么？文字。文字！所有那些流过的血都是为了文字？难道你没有注意到吗？这不是你能选择的。母性从来不是你能选择的。是它选择了你，当初你的两条 X 染色体出现的那一刻它就选择了你，跟莎士比亚和桌子无关，时间也要从莎士比亚事件往前再数十三年。你拒绝了一个无法拒绝的提议，让你的大脑决定你的身体早已决定的事情。这不是你的错。没有人事先给你心理准备。

你从没想过去做人人都在做的事情。从没想过用手机，也许将来有一天人们都进化到用心电感应来交流时，那时你可能会考虑用手机。对母性的赞美、隆起的腹部、丰满的体态、乳汁、枯燥的生活、生日、祝福，这些你从来都不买账。还有自然之母、地球之母、圣母，所有的母亲。母亲。不去在意这些幻梦。将它们甩在一边。不去理会什么塑造了你的生活，它所塑造出的就是你剩下的东西，通过这种新的创造产生出负空间。变成一个负空间，渐渐侵蚀你自己的光芒。你是这么想的。所以你不会这么做。

你也想了太多的死亡，或是将死，或是离开，或是被抛下。从对外甥们的爱（强烈而深沉），推理得出你对自己的孩子的爱（会更强烈，无疑会像老虎似的，或是灼热到无法触碰）。然后再由爱推演到失去，这种情况太常见了。想多了。生活很苦。一个奇怪的礼物，常常是不太友善的礼物。我没有权利去充当那个给予者，去做出这样的选择。你想，这不是我的权利。于是生活说：那谁来给我呢？你若是没有权利，那么谁有？我没有这个权利，你答道。客观又倔强，你就是这样。

时光飞逝。

于是，你将怎样对待潮水退去留下的残余呢？留下的是什么？文字。过去，绞死的尸体排成一列。一个个无眠之夜。一只狗吠的声音。一棵不畏炎炎夏日的核桃树。晨雾。纯白而明亮的天空，不是一片空白。一种白茫茫的感觉。无边无际的白色，你的两条X性染色体就像接吻了两次，没有被充分利用，多得溢了出来，退潮之水荡涤冲刷着。

这是一个选择，你想。是接受还是抛弃？这不是你的错，你并不知道。无法抛弃基因中与生俱来的东西，无法抛弃你的自我。看吧！你自己的潮水退去，留下的是白色的天空。如此明亮，仿佛有背光。现在你将如何对待这一切？如何对待这片白色？只为要一个更好的词——爱。爱，悲伤，失去，爱，生活，爱，都捆绑在一起。无法拒绝。现在，已经有太多太多，你的双手都满了，没有足够的空间去倾泻。你拒绝了无法拒绝的东西。所以现在你要做什么呢？

"怎么不在你的枕头上喷点薰衣草精油？"

"因为我理解不了薰衣草。"

"试一试又没什么害处。"

"在月光下用山毛榉树叶擦拭我的皮肤也没什么害处，但问题是这有用吗？"

"做这些事是为了让我们有一个积极乐观的心态。"

"是吗？"

"不让消极的想法逐渐累积升级。睡前喝杯热牛奶对于睡眠也是有帮助的，虽然这句话听起来像是老太婆的碎碎念。这些都是让你觉得舒适的美好的事情，每天给自己一些小确幸。"

"你觉得这些方法有用吗？"

"有用。"

"所以，试试薰衣草吧。保持积极的心态，让自己更专注。记住，醒了就不要在床上躺着，起来去做些简单不费力的事情。把洗好的碗从洗碗机里拿出来，熨一熨衣服，也可以玩玩拼图。做点儿让人心情愉快又不急不躁的事情。可以吗？"

我没有洗碗机，也没有熨斗。之前我有过一台熨斗，但也不知道放在哪儿了。

《伦敦塔永不忘》：画面中宛如瀑布的大片虞美人有些失真地从一棵树上倾泻而下，越过一面墙汇成红色的湖泊，后面的背景是虚构的伦敦天际线。我花了 4.99 镑从"救助儿童会"买来，对于慈善商店的拼图来说这算得上是价格不菲，不过那一大片模糊的红色吸引了我，它似乎在诉说着我虚度的大把光阴。怀着谦卑和顺从之心，就像圣徒玛格丽·肯普[①]或是

[①] 玛格丽·肯普（Margery Kempe，约 1373—1438），英国基督教神秘主义者，因以口述的方式创作了《玛格丽·肯普之书》（*The Book of Margery Kempe*）而闻名。书中记录了她所遭受的家庭苦难、在欧洲多处圣迹和基督教圣地的朝圣经历，以及她与上帝的神秘交谈。

诺里奇的朱利安[①]似的，凌晨两点半我坐在客厅的地板上，将一幅画反扣过来作为面板，在五百块拼图中打捞寻找边块。红色的边块放在画面下方，灰蓝色的放在画面上方。这时我想，边块肯定不够，数量还差得远。

《伦敦塔永不忘》是一幅木质拼图，其中有几块是异形拼块，都是围绕着战争主题。一块的形状是步枪，一块是士兵，还有一块是一只靴子。另外三块分别是一顶钢盔、一座塔和一匹马。我从没想过自己的人生中会经历这样的场面：凌晨两点半把一块靴子状的拼图混在了酸黄瓜里。生活中某些时刻来临时，我会觉得与我无关，就像明信片掉在了门垫上。我看着自己生活在其中，感觉这些时刻或是古怪，或是寻常。

三点、四点，一个又一个夜晚，虞美人花海渐渐成形，每当黑夜落幕，到了五六点钟我会让自己上床。我情绪消沉，感觉这个世界就是一个荒诞的斗熊

---

① 诺里奇的朱利安（Julian of Norwich，约 1343—1416），英国基督教神秘主义者、女修士，代表作《神圣之爱的启示》（Revelations of Divine Love）是现存最早的由女性书写的英语书籍。

场。当年那些人都死在了战壕里，如今我们佩戴着虞美人花，却还在打仗。随后的夜晚，我开始拼《泰晤士河畔》，这件拼图包含两套拼图，一套是温莎城堡的风景，画风拙劣，另一套是画风同样拙劣的马洛①的风景，画面中有一座码头、一架桥梁，还有一道很假的彩虹弯弯地挂在教堂的天际。将全部拼图摊开后，发现边块不够。不过这是无谓的担心，"救助儿童会"的员工会将捐赠来的每一件拼图都数一遍，确保没有拼块缺失。

此时屋内灯光昏暗，外面一片漆黑，飘着雪花，客厅的温度显示 14 摄氏度，而这一暖心的举动深深吸引了我。有人已经将这些拼块都数过了。有人已经无偿将这些拼块都数过了，这样就不会有人失望；因此，世界上就会少一些让人失望的事。也许，这个世界不是斗熊场。我将那道俗艳的彩虹、教堂的尖顶、大桥的护栏连接起来，马洛的风景便浮现在了眼前。

---

① 马洛（Marlow），英国的一个城镇和民政教区，位于英格兰白金汉郡南部泰晤士河畔。

《大不列颠的桥梁》《大不列颠家庭烘焙大赛》《大不列颠人民》。

大不列颠人民发话了！

语法注解："Great Britain"（大不列颠）中的"great"一词指的是由几个国家联合构成了这个国家，例如大曼彻斯特（Greater Manchester）指的是组成这个城市都市圈的各区集合。另外，"great"在这里是形容词，意思是"包含临近的区域"，或是"综合的""大型的"的意思，例如大平原（Great Plains）、大堡礁（Great Barrier Reef）。然而近来这个形容词的词义发生了细微的变化，开始用来表达"平均水平之上""最重要的""非常好""杰出的"等主观倾向的含义。

great 的变化是一种非常微妙的、温和的语义混淆，似乎是没有恶意的文字游戏。这个词的用法引出两种非常特殊的民族观念：一种使人想到大英帝国的精湛技术，例如《大不列颠的桥梁》《大不列颠铁路纪行》；另一种使人想到战时的时代精神，那种近乎古板的集体团结，例如《大不列颠家庭烘焙大赛》《大不列颠缝纫大赛》《大不列颠园艺挑战赛》。这些都是很好的事。为什么不能赞颂我们辉煌的过去，为什么不能团结起来？为什么不能赞美我们这个由茶、格子桌布、装饰彩旗、毛地黄盛开的夏日以及深刻而理性的保守主义组成的国家？赞颂英国队，有何不可呢？这是一种真诚纯粹的心理，我们拥有和赞颂自己的民族认同感是理所应当的。

但是改变 great 的词义是一种很狡猾的行为。《每日邮报》的标题暗戳戳地吹捧着我们这个国家是多么伟大、历史悠久又让人怅惘叹息，它是那样慈爱、卓越、引人怀旧，对那些不如它的侄子侄女广布恩泽。而究竟"great"具体指的是什么，从来不明确，到底是什么行为或是什么品质使这个国家堪称伟大？这个国家伟大在什么地方？又以什么方式而伟大？"Great British"描述的是声望和地位，往好处说是觉得骄傲自豪，往坏处说则是在浮夸炫耀。

我们国家一直都是这个名称，这可能不算是一种新的表达，但是最近几年却逐渐被用作某种口号或标签。"大英帝国的价值观"（Great British Values）、"大英帝国的公众"（Great British Public），这些口号式的标语都是戴维·卡梅伦的大社会政府的夸夸其谈，并且被右翼媒体炒得沸沸扬扬——2015 年大选卡梅伦大胜后《电讯报》的一篇文章刻意用了这样的标题：谁是大选的另一位赢家？伟大的英国公众。（*The election's other winner? The great British Public.*）如今看来，越发觉得这个标题荒诞可笑。在这里 great 的首字母没有大写；《电讯报》甚至都没有假装"great"这个词是这个国家名称 Great Britain 的一部分，而是直接将这个词用作形容词。优秀的英国人。棒极了的英国人。

我觉得这种说法非常奇怪，也非常可疑。是谁说我们是伟大的？"伟大"具体是指什么？我再问一遍：伟大在什么地方？伟大在是英国人？伟大在按照《电讯报》希望我们投票的方式投了票？是从什么时候开始伟大的？是一直都很伟大，还是从最近开始的？是我们所有人都很伟大吗，还是只有那些按照《电讯报》希望的方式投票的人才是伟大的？

死亡让我愤怒。工业化养殖让我愤怒。也门的人口数量下降，以及愚蠢的战争阴谋和大男子主义政治使得人民无家可归让我愤怒。我的国会议员——在议会中代表我的人——雅各布·里斯-莫格让我愤怒。我对毫不警醒而使历史错误不断重演感到愤怒。我对那个星期唐纳德·特朗普成了美国领袖而我们却失去了莱昂纳德·科恩感到愤怒，这种交易恐怕连魔鬼都发怵。我愤怒没有人遵守我所在的居民区的限速规定。我愤怒甚至连这限速的两倍速都没有人遵守。英国脱欧这个国家性的大骗局让我感到愤怒。这是对我们价值观的欺诈，侮辱了我们的民族性，用一些可恶的诡计使我们的自信变成了自大，宽容心变成了优越感，我们的能力变成了卑鄙的行径，我们本能的惶恐变成了彻底的恐惧。他们说，人们心中充满了愤怒的情绪。人们正在反击。

是这样的，人们的确很愤怒。我很愤怒，而且我了解恐惧的感觉。去年我见过的凌晨四点多得数不清，凌晨四点正是充满着恐惧的时刻。一辆车从我们小区疾驰而过，经过我家门外的减速带时，落地的动静我躺在床上都能感受得到，一下子就把我震醒了。我心想，你这个混蛋。我敢打赌你一定是投了脱欧的票。于是我希望每一辆超速的轿车，每一辆后座上坐着亲爱的 1 号和亲爱的 2 号、后备厢里有一只斯宾塞西班牙猎犬、以 50 英里的时速冲过限速 20 英里区域的横行霸道的越野车，禁止经过我们的居民区，禁止污染我呼吸的空气。我想，也许我们可以将肯特郡划给支持脱欧的人。彼此之间彻底隔开，他们可以拥有那个地方。

心中怀着这种想法，我竟罕见地睡得很沉。

早上 6:00：

夜晚像是另一个星球，就像我们生活的这个星球。它是黑暗的，当然是黑暗的，然而这种黑暗是上百个物体逐渐聚拢过来，黑暗从无数个光点边缘蔓延开来。路灯的光打在遮光帘上透出一个长方形的轮廓。烤箱上的时钟显示的数字令我难过得想哭：2:26，3:49，4:11，5:48。自制的天气预报装置上的 LED 霓虹灯光将厨房染成绿色和橙色（现在微冷，明天温暖）。音响处在待机状态。显示器闪烁着红灯。充电器亮着绿灯。夜色从落地窗洒进来，有时月光照得客厅蓝莹莹的。花园里随着坡度的倾斜呈现出不同的黑暗。对面远处的山丘上，一辆汽车蜿蜒而下，车灯像是一条缓缓流淌的小溪。那是警车的灯光。

今夜的月光是灿烂奢华的黄色，丰满的弯月低垂着，离我们无比近。木星在其一旁。冬日的清晨悄然来临，此刻我正在寻找木星的身影，它挂在天幕的另一侧，渺小又高远，却又明亮得令人惊叹。

露台上的庭院桌散发着洁白的光，山毛榉树在我这双久经训练的眼睛里仿佛巨人一般。我想象得出草坪、花坛和盆中的椒树的样子，但是看不到。是花园在黑暗中还是黑暗在花园中？黑暗是一种外表吗？漆黑的花园就像是穿着一件蓝色的外套？黑暗是一种形态吗？漆黑的花园就像是冰冷的大海？黑暗是一种量的概念吗？漆黑的花园就像满满一杯？黑暗是一种评价吗？漆黑的花园就像一道难解的算术题。

除了惊惶不安，除了睡觉，其余的时间我便坐在沙发上，等候着每一天的到来，一点一点，像是缓缓落下的灰烬。黑色的东西变成了沉闷的灰色。花园里我熟悉的事物渐渐浮现出来——小路、台阶、草坪、坏了的长椅、那一堆修剪下来的榛子树枝、一个个我做的但是从来没有做完的雕塑、那棵挂着祈祷经幡的小小的樱桃树。花园一半是灰蒙蒙的黄色，一半是灰突突的红色。

———

爱的扩散。

他将耳机放入耳中，他本不喜欢这种小小的像耳塞似的耳机，但是他岁数大了已经不适合戴耳罩式耳机了，儿子说他戴上那东西看起来像个小混混。这话也许没错。他仍保留着一个旧旧的 MP3，坚持在用，因为这东西操作简单，它就只做它该做的那一件事，不像手机能做两百件事，可没有一件跟打电话相关。儿子给他的 MP3 导入了《绝对新手》①这首歌，再无其他了。他的 MP3 上也只有这一首歌。他听着这首歌走路去商场，一路上听了六遍多。

就是这个五十二岁的老古董从三台取款机上发了财，这真是极度讽刺。"发了财"，真是个好词，比"抢劫"听起来清白多了。说实话他并不知道这事到底是怎么办成的，几英里外的一台电脑是如何控制取

———

① 英文名为"Absolute Beginners"，是大卫·鲍伊的一首歌。

款机里的电脑的，他没有概念。不仅如此，在他跟詹姆斯一起成长的过程中，詹姆斯就会捣鼓他们的雅达利游戏机，编个程序，或是自己编写一个游戏，这些他理解不了，也不感兴趣。他说不上来詹姆斯究竟是怎么学会这些的。这些知识是从何而来？肯定不是他们的父母教的。这似乎是詹姆斯的基因里带着的。还有一种冒险精神，一种做什么事都不考虑后果的态度。

我是绝对地爱你。他喜欢这句歌词，绝对地喜欢。他最后一次自由活动，可以说是 2002 年他和詹姆斯去柏林看大卫·鲍伊的演出，当时盖尔怀了他们的第一个孩子，于是那天晚上他感觉自己就像是降落到另一个星球上。回家后他不知该如何描述这个夜晚，于是就什么都没说。不过他心中期盼着，以后他会选这首歌作为盖尔走红毯时的背景音乐。

想象一下这个场景，真心觉得完美。只要我们在一起，别的就让它见鬼去吧，我绝对地爱你，只是我们是绝对的新手。完美。也许他应该再娶她一次，这样就能让这个梦成真了。然而，他如果找不到丢失的婚戒，离婚的可能性更大，或者情况比离婚更糟，沉默、沮丧，这种冷暴力会慢慢要了他的命，因为他让她失望了。

他不打算去找那枚戒指。他甚至不知道回去找它做什么，难道过了五天它仍然在取款机旁？当他到商场的门口时，他已经意识到这是个错误；警方已经将取款机周围拉上胶带封锁了起来，那里还有一张公告，距离太远了看不清上面的字，想必是关于寻找目击者，看到这一幕他又忍不住想吐了。

就告诉她说自己丢了，他想。那又能怎样？

回去吧，你这个傻子。回家。

/

她的目光掠过他的耳际，久久地盯着后方。盯了好久好久。他全身上下唯一能引起他的知觉的地方就是无名指，他感到它不雅地裸露着，就像去年夏天在多塞特郡海滩上见到的那个男人。当时盖尔看不清楚，她坐在那里，目视前方，时不时地朝自己的脚上扔些小石子。"他为什么一直在走来走去？"她说道。没错，那个男人确实来回逛个不停。眼睁睁地看着一个男人慢吞吞地从海里走出来，赤身裸体地，让人觉得十分诡异。不管怎样，你只能看见他两腿之间晃荡着的那个玩意儿，无论你往哪里看，你都躲不开它。真是诡异，主要是谁在乎呢？不过是一个老男人的生殖器。可是不知怎的，哪儿哪儿都是它。

"我真心希望你能找回来，"她说道，"那是我们的婚戒。"她的目光短暂地落在她自己的手上，随后又抬眼凝视着他耳后。她泪眼蒙眬。"好吧。"她耸了耸肩。这个动作仿佛在说："你就继续让我失望吧。"接着她转了过去，从床上起身，进了洗手间。

只是因为这枚戒指戴着一直有点紧，他是这么说的。所以，热的时候他不得不把它摘下来，因为他害怕手指发胀后戒指会阻断他的血液循环。这并不是因为他不爱她，只是因为这戒指尺寸有点偏小。就是这时她的目光掠过他的耳际，凝视着后方。"好，对不起，"她说道，"下次我用自己的全部积蓄给你买东西时会尽量考虑得更周到些。"

这就是他令她失望的地方。根本不是因为丢了戒指，这件事她几乎已经接受了，而是因为他将此事归咎于她。他躺在床上，听见她下了楼，打开了电视机，这时已经十一点钟了。他本打算也一起下楼，去跟她和好，但是他突然想起了那盏烛台被放在了客厅的橱柜里，并没有摆出来——就放在橱柜的深处，在一些没用过的餐垫和一盒无处可用的墙纸胶后面。他以为盖尔会喜欢这盏烛台。他跟她说这是他母亲的东西时，她想要表现出很感激的样子，然而她直接就把它放在了橱柜的深处，就像是这东西令她反感一样。

我绝对地爱你。

他们俩确实如此，这句话恰如其分。我绝对地爱你。隐约传来电视的动静，他半听半猜地留意了一会儿，以防有新闻报道他的发财事件。警方认为已经找到疑似与上周二契克斯商场取款机抢劫事件相关的证据。

不过，似乎听到的只有情景喜剧里吵吵嚷嚷的对话。

/

爱的扩散。誓言、信任和婚戒，许多个陪伴着孩子的无眠之夜，多年来的忠贞奉献，你已经尽己所能。他、穆尔、伦尼多年来一直牢牢地盯着监控屏幕，一共是四块屏幕，没有什么事可以在四块屏幕上同时发生。我的丈夫从事安全工作，盖尔通常这么说，不知为何这句话既平淡又有些神秘，人们往往不会再继续追问什么。

詹姆斯用一种温柔的目光望着他。"你去哪了？"他问道。

"哪儿也没去。"

"哪儿也没去，"詹姆斯微微一笑，"人总是哪儿也没去。"

"什么意思？"

"你有没有注意到，问一个人他去哪儿了或是在想什么，他总是回答说哪儿也没去，什么都没有。我认为这才是问题。我们可以用自己的思想做任何事，但是我们却哪儿也不去，什么也不做，真是悲哀啊。"

冲动之下，他差点说出："其实我并不是哪儿也没去，我去了个地方，我正考虑逃跑。"但是他不确定詹姆斯是不是在故意套他的话，想让他承认干了这种事。另外,"逃跑"这个词让他感到心烦意乱。他当真是想逃跑吗?

"我想再干一把,"詹姆斯说着,往自己的司康上舀了一勺果酱,算是宣布了这个消息,"就你和我两个人。分成五份一点意思都没有,分成两份的话还是有赚头的。"

此情此景,詹姆斯吃司康的样子呈现在眼前。他那恼人的该死的司康。他的样子仿佛在说这东西难吃得要死,又好像同时在说这是人类能吃到的最好的东西。就像是他明白这世上的一切是多么没有意义,然而只要是他们做了的或是经他碰过、吃过就会变得有意义。

"不行,"他说道,就像穆尔几天前对他说的一样,"绝对不行。"

詹姆斯不为所动,继续吃着东西。于是他重复了一遍:"绝对不行。"

这个地方拥挤又吵闹,环境垃圾,有人在吧台上喝着售价 9 镑的比利时啤酒,喝得酩酊大醉,而另一边,是毛茸茸的沙发,桌子上铺着白色的桌布,旁边还有刻意弄花的镜子，像他和詹姆斯这样的人，坐在这里喝着下午茶。下午茶 35 镑一位。第一次来时，他大声笑着走进了这家店，詹姆斯起身招呼他，他便径直走到这张桌前，詹姆斯像平时那样对他咧嘴笑笑，还一如既往地亲切拥抱了他。

"现在我已经搞到技术员的行头了，"詹姆斯说道，"所以不妨让我这钱花得值一些。"

"你不觉得你已经回本了吗？"

"快点吧。考虑考虑。你只需要站在那里，等取款机把肚子里的东西倒进你手里。你要做的就这些。剩下的都交给我，然后我们对半分。"

"我干不了，"他说道，"我怎么能干这种事呢？拜托，我还有家人。"

詹姆斯不紧不慢地给他们俩添了些茶，他将茶壶举得很高，茶水飞溅，以此作为回应。

我的丈夫从事安全工作。他很讨厌这句话，心里盼着盖尔不要这么说。我又不是在军情五处工作，他曾跟她这样说过。夜里我负责监控一栋办公大楼。有时也会监控停车场。穆尔和玛丽很久以前开过一个

213

玩笑，玛丽说穆尔在从事不安全的工作，因为保安的工作从来都干不上几年：预算缩减时，保安是第一批被辞退的，或是他们的工作被转交给了外包公司。你在哪儿都能看屏幕。不过盖尔从来都没有真正的幽默感，至少不像玛丽这样，她不是一个能找到笑点讲出笑话的人。

詹姆斯安稳地坐着，一言不发。詹姆斯生着一张好看的脸，确实如此——一副十足的邻家男孩的模样，皮肤微微有点小麦色，透着一股诚实的善良，从他的眼神中可以看出真实的善意，这种感觉是装不出来的，而且不会因岁月而磨灭。

詹姆斯长得很像他们的母亲。看见他就感觉像是看见了他们的母亲，反之亦然——看见他，就能看见她的离开，如果你可以看见离开的话。她离开后，他得照顾詹姆斯，因为詹姆斯比他小八岁，他将自己特殊的爱倾注到詹姆斯身上，而詹姆斯也将自己的爱投射到他身上，于是詹姆斯与母亲的离开渐渐等同起来。外祖父母送给母亲的银质烛台和高脚杯也是同样，每次遭受了他们父亲的打骂，她都会将这些物件擦得锃亮。而且她的离开，她受够了辱骂和毒打后的离开，也是她的一部分性格传给了詹姆斯的证据，而不是传给了他。詹姆斯总是远离纷争，或是不会让自己第一时间被卷入纷争。

"我们干了那事，你内心就没有一点——不安吗？"他问道。

詹姆斯接着就回答了这个问题，不过这番话是经过深思熟虑的，似乎他已经权衡过并且心里有了主意。"没有。一点儿都没有。我们是敲了银行一笔。银行。一直都是银行在骗我们的钱。他们干了蠢事、出了问题都是我们纳税人给他们兜着，而他们却能毫发无伤地脱身。我们干的事不过是给他们一点儿颜色看看，微不足道但是有意义。"

"我至今仍然很难相信我们干了这事。我干了这事。"

"再干一笔。"詹姆斯说道。

他心中浮现出那幅画面，盖尔的目光掠过他的耳际看向后方，不看他。而詹姆斯的目光总是直率地望着他，从来如此——无论他做了什么或是没做什么，詹姆斯仍会看着他的眼睛。

再有个一万五、两万他会做些什么呢？他能给盖尔或是孩子们买什么他们还没有的东西，或是买什么东西能既不引起他们的注意，又能让他们高兴？给得太多会让人觉得可疑，而且他岁数不小了，这么花估计他到死也花不完。他死的时候会有一笔小钱锁在某个工业园里，由于没有人知道这笔钱的来历，最后这笔钱会落入仓储公司手中。他也可以把钱留给詹姆斯，可是詹姆斯不需要。或者他就带这笔钱逃跑。他不会的。不过他可以这么干。事实上，对于这笔钱，这是他唯一能做的事。

爱的扩散，有时爱像是奴役。这些天来，爱似乎越来越像奴役。他不喜欢思考，不愿意去想他分了多少钱，花了多少时间，不想去想关于取款机的事以及他冒了多么愚蠢而巨大的风险——并不是为了他自己。

此时此刻，他突然开始思考。不知为何，他想到了一座座小山丘，并非巍峨的高山而是和缓的小山坡，想到了电闪雷鸣的暴风雨，想到了大卫·鲍伊站在柏林的舞台上，头发随风飘扬，想到了节目《文艺复兴时期费拉拉的女性》，想到了一声鼓点，想到了一张张二十元的钞票从收款机里喷涌出来，想到了站在他们家客厅的窗边的母亲，想到了詹姆斯那无法拒绝的微笑。而此刻詹姆斯就在他面前，望着他。他感觉仿佛有什么东西冲向他并穿过了他，好似一阵风吹开了无数扇门。就是这种感觉。他的心门一扇一扇全被吹开了。

他想要说些什么，他怀疑自己即将脱口而出的词会是"好的"。好的。我会参与的，这就是他想说的。这时他发现詹姆斯正在盯着什么，他循着他的视线，发现吧台处有两个警察正在跟吧台的服务员交谈。警察转过身来，开始扫视整个房间。这时，冲向他的东西在不断地冲刺、冲刺。他摸着手指上从前戴着婚戒的位置，感觉内心敞开的一扇扇门又被闩上了，而那个东西还在不断地冲刺，冲刺。

———

早上 7:30：

地上摊着一堆昨天的衣服。我捡了起来。要是睡前的迷信驱使着我将它们大致地叠了叠然后塞进了

217

橱柜里，这时我会把它们再拿出来扔在床上。

　　我一件件地穿上了衣服，顺序与昨天晚上脱衣服的顺序正好相反：内衣、上衣、牛仔裤、套头毛衫。这个过程总是有些让人无法忍受的点——一夜没睡，第二天一早起来穿衣服，穿的是你昨晚脱下来的那一身，而昨晚脱衣服是你准备睡觉，那意思就好像睡眠这种事还能发生在你身上似的。这一堆衣服是一种公开的斥责。我想说它们是在嘲笑我失落的纯真，虽然我知道这毫无道理，但是我越来越不自觉地将纯真和睡眠联想起来。

　　在我看来，这不是一种新的联想。当我在我的小说开篇写下那句"我似天使安眠"时，就产生了这种联想。从我孩提起，它就存在——熟睡的婴儿，不受良知的拷问，也没有世俗的负担；或是童话故事中的人物喝下了恶人的药水或是中了符咒，便沉睡了一百年或是变得一动也不能动。它也存在于莎士比亚的创作中，他在《罗密欧与朱丽叶》中写道——多忧多虑，往往容易失眠；在《麦克白》中写道——那清白的睡眠，把忧虑的乱丝编织起来的睡眠，他称之为

"受伤的心灵的油膏"，"生命的盛筵上主要的营养"。①这种联想也存在于死亡意象之中，最后的投降和永世的安息，无梦的长眠，和解或是永不原谅，无论发生什么都能一笑泯恩仇。不管你的生活是怎样的，都将拥有这最后的祝福。

睡眠。睡眠就像钱，你只有在快没有的时候才会想起它。于是你无时无刻不在想它，而你拥有得越少，你想得便越多。它变成了你看这个世界的棱镜，只有与它有关联，事物才能进入你的视野。

穿着昨天那身衣服，我出了门，拖着疲惫的身躯迈上索尔斯伯里山的山坡，心脏已不堪重负。这天早上天色发青，不过并不阴沉。一月的天光已经不似十二月的模样，开始逐渐变得澄明而辽阔，并将在春天达到灿烂。萌生的雪花莲便是抵抗寒冬的微小迹象。山茱萸已变成酒红色。黑刺李灌木将树篱染成了淡淡的蓝。那是一种美丽的、让人惊喜的蓝色，这种颜色更多是保藏在流水和天空之中，除此之外在自然

---

① 此处出现的莎士比亚作品中的语句，译文引自朱生豪译本。

界中很少会见到这样的蓝。榛子树上挂着无数黄褐色的荑荑花序，密密麻麻的，像是用打字机打出来的竖线符号。那边还有一棵叫不上名字的树，枝条上覆着地衣，好似镶上了一层花边，像是自身在散发着光芒。一只狗想咬我的围巾。太阳从对面的山丘后面稍稍露了个脸，轻轻拨开了灰色的天，顷刻间山顶变成了一片橙红。紧接着，太阳又隐去了踪影。我发现自己哭了。

我们应该如何看待生命？生命中有太多的痛苦——我自己的痛苦不过是沧海一粟，还有许多的人遭受着比我多得多的痛苦。当我们感觉被压垮时，是什么让我们能够始终挺起胸膛？是什么让我能一步接一步地向前；或是当我看着黑刺李灌木朦胧的蓝色时，是什么使我想起了一个不曾命名的真理？那究竟是什么？不是我自己。并非我自己驱使着我每天早上爬上这座小山，而是某种不可抗拒的力量，它的名字一定是生命，是生命本身，是我的大脑、身体和心灵独立运转的某种力量。我不知道那是什么。

我爬到高处，坐在三角点①上，眺望整座城市。我了解并走过这座城市的每一寸土地。此时此刻在我体内是什么使我的身体前倾，更靠近这个世界？我所在的位置下方正好有一棵树，树枝上挂着一面祈祷的经幡，同我在家里挂的那面一样。是什么激起了我想要下山回家去写作的念头，抑或是激发了我想要弄清楚为什么蓝色在自然界中那么罕见，是什么触发了神经突触，使得肌肉能够支撑身体的运转，并一直持续下去？是什么仍在坚持着要快乐？是什么拒绝了失败的召唤？

---

① 三角点是绘制地形图的三角测量基准点，通常会设置在一个地区中视野范围较大的地点（多为山顶）。

221

失眠治疗方法：

到河流、湖泊、海洋或是其他开放的水域；游泳池也可以，只要水温够低且在室外。新鲜的空气是关键；凉爽的水温也是关键。不管穿着什么衣服，直接下水，若是私密性够好或是无人介意的话，不穿衣服下水也是可以的。下水。跳入水中或是潜水是最佳的，不过只要头部能够迅速、彻底地没入水中，无论用什么方法都是可以的。

逆着水流游啊，游啊，游啊。若是有波浪或水流，就迎着波浪或水流的方向游。这样就能让水体的力量盖过你的身体力量，淹没你的思维，因为思维时时刻刻都在准备思考，却忘记了世上有些东西是不需要思考的。尽可能频繁地潜入不需要思考的水中。如果你是在埃文河、弗罗姆河、瓦伊河、塔恩河、洛特河、阿韦龙河里游泳，花点时间看看周围不需要思考的风景：河岸、草地、柳树、砾石、石灰岩峡谷、沙地河滩、花岗岩露头、松柏茂密的山坡。这就是此刻的世界，没有任何其他因素的干扰。若是你想起了什么别的事情，或是思绪飘到了别处，那就低下头将它淹没。

顺着水流游啊，游啊，游啊。若是有波浪或水流，就随着波浪或水流的方向游。这样就能让水体呈现出它向上、向外的力，因为思维的天性是向下和向内的，因此悲伤的情绪和疯狂的念头会不断地递归和迭代。在英国或是法国的这些河流中，或是在这个威尔特郡的小湖，或是在浩瀚的大西洋，环视广袤的天空，你会留意到存在的空间永远比事物所占据的空间多得多，而且对于空间中的任何事物，空间不会排斥也不会讨价还价。光也不会裁决哪些事物可以被照亮，哪些不可以。光线落下，空间便打开了。若是你心中生出了某个渺小或是向内的想法，那就低下头将它淹没。

如果你是在湖泊或是泳池中游泳，需要双脚打水和双臂划水来进行蛙泳或自由泳，那么以下这条原则很适用：感知水在你手中的阻力，对水有所觉察，即便没有潮汐和水流，水也在对抗着你，推搡着你。感受那轻微的阻力。然后，随着向前划水，感知水流超越你的手向前冲的力量。感受那向前的轻微的推力。因为有时我们是自己的水流和潮汐的创造者和影响者，在别处的静水中也是我们自身创造了这些，而懂得这一点是一种人生智慧。

　　在湖泊中感受湖水泥土般的柔软，在泳池中感受漂白剂的清洌。在湖泊中观察你的手如何在一圈圈飞轮般的划水中变得灵异，当手臂划到身后时便会消失；而在泳池中你会发现你的手白得惊人，还挂着一串串的泡泡，在阳光的照耀下宛如一颗颗钻石。思维总是向着过去抛下锚，而现在什么锚都无法固定，告诉它：没有什么是固定的。哪怕是你的手，也在一天天地变得不同。

　　治疗失眠的方法就是：没有什么是固定不变的。一切都会过去，失眠也会过去。等到有一天，当你克服了它，它将失去根基而分崩离析，那时每天晚上你都能倒头就睡，全然不知当初是如何觉得这件事是不可能的。

一个关于巨浪的梦。我与母亲站在海岸边，一个浪头打过来，待我们意识到时，浪已经涨成两座房子叠在一起那么高，我们两人紧紧地抓住对方的臂膀，我张大了嘴巴，却没有发出一点声音。

海浪弯过我们的头顶，这时它的内侧表面变成了金属壁板，于是此刻我们身处一个无比巨大的穹顶房间之中，在水的重压之下房间吱呀作响，就像是一艘潜水艇。翻滚着的水柱在我们上方涌动。等到巨浪过去，我们从另一侧走了出来，发现一滴水都没有，迎接我们的是广阔的天地。

全文完

图书在版编目（CIP）数据

睡不着的那一年 / (英) 萨曼莎·哈维著；王烨炜
译. —— 杭州：浙江人民出版社，2024.12
ISBN 978-7-213-11444-1

Ⅰ. ①睡… Ⅱ. ①萨… ②王… Ⅲ. ①回忆录—英国
—现代 Ⅳ. ①I561.55

中国国家版本馆CIP数据核字(2024)第071186号

浙江省版权局
著作权合同登记章
图字：11-2024-037号

睡不着的那一年

SHUIBUZHAO DE NAYINIAN

［英］萨曼莎·哈维 著 王烨炜 译

出版发行 浙江人民出版社（杭州市拱墅区环城北路177号 邮编 310006）
责任编辑 祝含瑶
责任校对 陈 春
封面设计 林 林
电脑制版 刘珍珍
印 刷 河北鹏润印刷有限公司
开 本 787毫米×1092毫米 1／32
印 张 7.25
字 数 101千字
版 次 2024年12月第1版
印 次 2024年12月第1次印刷
书 号 ISBN 978-7-213-11444-1
定 价 45.00元

如发现印装质量问题，影响阅读，请与市场部联系调换。

质量投诉电话：010-82069336